黒い豚の毛、白い豚の毛

自選短篇集

閻連科

谷川毅＝訳

Yan Lianke

9 Short Stories

河出書房新社

黒い豚の毛、白い豚の毛　目次

黒い豚の毛、白い豚の毛

黒い豚の毛、白い豚の毛

春には春の匂いがあるべきだ。花や草の、青々とうっすらしたのがゆらゆら漂うように。あるいは緑で、濃い馥郁《ふくいく》とした香りが鼻を突く。奥まった路地裏のお酒のように。しかし日の入りのこの時刻、呉家坡《ごけは》の人たちは、赤く血だらけの、生臭く濃い血の臭いが尾根の道の方から、紫がかった褐色となって、一団一団まとまって漂ってくるのを嗅《か》いでいた。一面春の日射しで緑の林の中に秋の柿の木が紛れ込んでいるようだった。誰かが言った。おい、何の匂いだ？　晩御飯を村の飯場（村でみんなが一緒に集まって食事をする場所）へ持ってきて食事をしている人たちは、手に持った茶碗を宙に止めて、頭を上げ、鼻をクンクンいわせ、そしてみんな全員、その血の臭いを嗅いだのだ。

——李のところでまた豚をさばいとるんか。

しばらく静かだったが、誰かがそう言うと、人びとはまた御飯を食べ始めた。明日は三月の月末で、今月最後の市の立つ日だから、屠畜屋《とちくや》では当然豚を殺して市に持っていくとみんな知っていた。李のところでは、市に持っていくときはいつも、朝早く起きてさばいて日の出と共に出て、その日のうちに鎮《ちん》に着くようにして新鮮なのを売る。しかしどうして今日は日暮れどきにさばくのか？　どうして今日の血の臭いはいつもに比べて鼻につくのか？　村人たちはみんなあまり多くを考えなかった。仲春《ちゅうしゅん》が来ると、小麦が冬眠から目を覚まし、メリメリと大きくなり、草も一緒に狂ったように伸びていく。畑を鋤《す》き、肥料をやり、畑に水を入れ、どの家も蟻《あり》の引っ越しのごとく忙しく、あれこれ人のことを余計に考えている閑《ひま》は誰にもありはしない。

飯場は村の入口にあった。李の店は尾根の上にあって、尾根の大きな道のそばで、丁字路のところだった。畑を捨てて商売をするなら、尾根の道に近い方がいい。屠畜業には、交通の便がいいところが良かったということもある。近隣の村で冠婚葬祭があれば、頼んで一頭さばいてもらうには、かなり便利だった。便利のため儲《もう》けるために、李は村から尾根の上に引っ越した。瓦屋根の二階建てで、瓦の壁が庭を囲み、一階が屠畜場で、ちょっとした雑貨も売り、食事をすることもできた。二階は住居で客間が二つあった。通りがかりの人が足が疲れてもう歩きたくないときは、一階でホルモンを肴にして酒を飲み、飲んだらフラフラしながら二階へ上がっていくのだ。翌日夜が明けて、目が覚め、疲れも取れたら、泊まり賃と食費を払って出発する。

その二部屋の客間を粗末だと舐《な》めてはいけない。ベッドが一つ、机が一つ、十五ワットの電球が一つで、停電のときは半分になった蠟燭《ろうそく》だったが、何と言っても県委員会書記がその部屋で一晩を過ごしたことがあるのだ。噂《うわさ》では、車がえんこして書記はそこに泊まるしかなくなったのだという。しかし李は言った。そんな噂する奴はくそくらえじゃ、考えてもみぃ、書記の運転手が書記さんの車をえんこさせるようなことをするか？　県委員会の書記さんがうちに泊まられたんは、庶民の家に泊まって豊かになった状況をききたかったからで、書記さんはわしとあれこれ話をされたんじゃ、と。これが李の家の商売をさらに盛り立てた。二部屋の客間の東側の部屋では、テーブル、ベッド、布団、洗面器、サンダル、みな趙書記が使ったものはきれいにして保存し、また客にも使わせたが、それでその部屋の十元《ユエン》の宿賃は十五元に跳ね上がった。人の心にも浅ましい気持ちが湧き起こり、価格が上がったのが書記が泊まったからだとなると、なにがなんでもそこに泊まりたいと思うようになるのだ。長距離トラックの運転手が、急ぎに急いでアクセルを踏んだまま緩《ゆる》めないのも、その東の部屋に泊まりに行くためなのだ。もちろん、李の家のホルモンは絶品だし、酒も水で薄めたりしていないのは誰もがわかっていた。もう李の家でどんなことが起こっても、村人たちは誰も驚いたりしない。県委員会書記があそこに泊まったのだから、あの尾根の道で何が起こっても何の不思議もなかった。市の立つ日が来て、もともと夜中にさばく予定だった豚を前の日の夕方に前倒しで処分し、春の夕陽を血なまぐさくするのは何もめずらしいことではない。殺し、屠《ほふ》って、二つに分けた豚肉は屠畜台の上に置いてきれいな水をかけ、薄いビニールで覆っておけば、翌日売りに行っても誰にも新鮮な豚肉でないとは見破れない。

人びとは相変わらず飯場で食べ、飯場でおしゃべりをしていた。茶碗が空《から》になり、立ち上がってお代わりを入れに戻る者もいれば、戻りたくないので子供に行かせる者もいた。頼まれた子供はというと、御飯を持って家から出てきたばっかりだったので、親に向かってぶうぶう言うと、親はさっと顔色を変え、恩知らずだ、大きくしてやったのに、家におなきゃ良かったと言う。子供はふてくされ、別に行かないとは言ってない、ちょっと嫌がっただけなのにと言い、親がみんなの前で叱《しか》りつけるものだから、誰が産んでくれと言った、誰があんたに産めと言ったと反撃する。父親と母親はそう言われて言葉を失い、座っている尻の下から靴を引っ張り出すや投げつけるものだから、飯場じゅうに埃《ほこり》が舞い上がり、みんな自分の茶碗を胸元に隠すのだった。この飯場に埃が舞い上がったとき、外から一喝、声がした。何言い合いしとるんじゃ？　何大騒ぎしとる？　親が子供にお代わりをつぎに行かせるのが間違《まちご》うとるんか？

飯場はカタンと静かになった。子供は理屈に合わないと感じて口をへの字に曲げる。

村人たちが声のした村の入口に向かって尾根に続く道の方を見やると、屠畜屋の李星が尾根から村に戻ってくるところだった。

劉根宝は飯場から家に戻った。広々として自由な野原から試験場に入ったみたいに、おどおどと不安そうだった。父さんはもう食事をすませ、ちょうど庭で煙草を吸っていて、付いたり消えたりする煙草の火が、暗闇の中で明るく光った。母さんは台所の後片付けをしているところで、鍋や茶碗のぶつかる音が洗い水の音の中に浸かって、心地よく湿った音を響かせていた。根宝は台所に入り、まだ半分御飯の入った茶碗をかまどの端っこに押しやると、何か言いたそうにしたが、ただ母さんを見るだけで、うなだれて台所から出ていった。

彼は父さんの前に座った。

何か用か？

何でもない。

言いたいことがあるんなら早《は》よ言え。

父さん、俺、牢屋《ろうや》に入りたいんじゃが。

父さんはあっけにとられた。勢いよく吸い込む煙草の明るい光の中に、老人の強《こわ》ばった表情が見えた。もともといろいろな色が混じり合った柔らかい顔色が、突然硬い石の顔に変わってしまったかのようだった。彼はキセルを口から抜くと、息子をじっと見つめた。道をききにきた見ず知らずの人を見つめているかのようだった。

根宝、何て言うた？

息子の根宝はまた父親をじっと見た。夜で、父親の顔に、どれだけ分厚く、一体何斤の重さの驚きが浮かんでいるかははっきりと見えず、ただ漆黒の塊が、木の切り株のようにそこに立ち、そこに固まっているのが見えるだけだった。はっきり見えないので、もう見るのはやめ、靴を片方脱ぐと、それを敷いて父親の目の前に座り、両腕で膝《ひざ》を抱え、両手は豆の皮でも剝《む》いているかのように、ポリポリ音をさせて動かし、父さんの質問にはすぐに答えなかった。

さっき何て言うた？　根宝。

父さん、ちょっと相談したいんじゃ、もし父さんと母さんがうんて言うてくれたら、人の身代わりで何日か牢屋に入りたいんじゃ。

父さんは怒鳴った。バカタレ、気でも違《ちご》うたか？

根宝はさらにうなだれて言った。父さん、俺、父さんに相談しとるんじゃが。

父さんは少し間を置いて、またきいた。誰の代わりじゃ？

鎮長じゃ。

父さんは笑って冷ややかに言った。鎮長がおまえを身代わりにじゃと？

さっき飯場で李が言うとったんじゃ、今日の日の入り時分に、鎮長の運転していた車が尾根の道を通りかかったとき、張寨《ちようさい》村の、二十歳過ぎの若者《わかもん》を一人轢《ひ》いてしもうたんじゃと。鎮長が轢き殺したんじゃから、当然鎮長が責任を負うべきじゃ。じゃが、鎮長は鎮長じゃ、責めを負わせるわけにはいかん。そこでじゃ、誰か県の交通隊に行って鎮長の代わりに過失を認めて、私がやりました、李さんのところで飲み過ぎて、トラックを運転して門を出たところでぶつかりましたと言うてくれさえすりゃ、後のことは何も心配せんでええ、鎮長がうまくやってくれる。どういうことになるかはもうはっきりしとる、張寨の被害者に賠償金を支払うということじゃ、金はもちろん鎮長が払う。それで、それから、轢き殺しましたと言うてくれた奴が、十日か半月公安局の牢屋に入るということなんじゃ。

月が高く昇った。呉家坡は月明かりの中、村など無いかのように静かで、村の通りを歩く足音がパタパタと、西から東へとだんだん遠ざかっていくのまで聞こえた。李の家のところで消えた。母さんは根宝の話の中身を聞き全部わかったようで、口出しせずに、どこからか小さな籠《かご》に入った落花生を出してきて椅子《いす》の上に置き、その椅子を持って、旦那《だんな》と息子の間に置いた。それから彼女は落花生の前に座って、息子を見ながら、旦那を見ながら、長いため息をついて、父子二人の沈黙の中に入りこんでいった。

根宝はもう二十九歳だったが、二十九歳でまだ嫁を見つけ家庭を持つことができないでいた。これは呉家坡では劉家一軒だけだった。原因は何か？　家が貧乏だっただけではない。今ではなくずっと前のことだったが、どの家も瓦屋根の家を建てたのに、劉家だけは藁葺《わらぶ》きだった。さらに根宝は臆病でおとなしく、自分の畑の作物が家畜に食べられても、鍬《くわ》を振り上げはするものの、その家畜にも主人がいると思うと、振り下ろせず、ゆっくり鍬を収めるだけだった。これだから、こんな意気地無しだから、誰も嫁に来たがらなかった。実は、少し前、いくつか縁談はあったのだが、相手は家を見ると何も言わず、どの縁談も荒れ果て、花も咲かなければ実も生《な》らなかった。あっという間に今日この年齢になってしまい、向こうが再婚でも探すのが難しい状況になってしまっていた。半年前、親戚が未亡人との話を持ってきたが、相手の外見がどうかと、二十六歳だということも、その上二人の子持ちだということも言わなかった。根宝はこの話を断りたかったが、親戚は受けるか受けないか、会ってみてからにしてと言った。そこで会ってみると、彼女は会うなり面と向かってきいた。兄弟は？

一人っ子じゃ。

同族は村にたくさんおる？

村で劉はうちだけじゃ。

親戚に村の幹部はおるの？

彼は首を振った。

彼女はバッと音をさせて椅子から立ち上がると、息を荒らげて言った。それじゃ、あたし、何のために十数里（一里は五百メートル）も歩いて、あんたのとこまで来たっていうの？　仲人はあんたに言わんかったん？　あたしの旦那じゃった男は、畑に撒《ま》く水のことで人と争って、相手をやっつけられんで、家に戻ってから首を吊って死んだって。あたしはお金がほしいんじゃない、財産がほしいんじゃない、力のある男、人をバカにしても、最低でも人からバカにされない男に嫁ぎたいんだって。女はそう言いながら、プイッと背を向けると根宝の家から出ていき、戸を抜け、庭に出て左右を見ると、突然振り返って根宝をじっと見て言った。今日はちょうど市の立つ日じゃから十二、三里の道を来たの。あんたと見合いして、あんたと会《お》うとったけえ、丸一日損したわ。この一日、市で野菜を売りゃ、何を売っても七、八十元にはなるけえね。ほいで、あんたは今日、私に一日を無駄にさせたんじゃ。

七、八十とは言わんけえ、五十元弁償してもらえるかの？

根宝はあきれてきいた。何を言うとるんじゃ？

女は言った。一日無駄にさせたんじゃけえ、五十元弁償してって言うとるんよ。

根宝は歯ぎしりしながら低い声で言った。なんでそんな無茶なことが言えるんじゃ？

女は言った。どこが無茶なん？　もしあんたがあたしを一発殴れりゃ消えてあげる。そうじゃないいんなら五十元払いんさい。殴りもせん、弁償もせんいうんじゃったら、あんたが会《お》うたとたん、あたしに触って引っ張ったってこの庭で叫んだる。

どうしようもなくなって、根宝は部屋に戻って五十元を一枚取ってくると、彼女の手に押し込んで言った。失せろ、もう二度とわしら呉家坡のそばを通らんでくれ。

女はお金を受け取ると、チラッと見て言った。あんたがあたしを張り倒したら結婚してあげるんじゃが。

根宝は言った。消えてくれ、金はやるけえ、失せろ！

あんたがあたしを蹴飛《けと》ばし殴り倒したら、二人の子供はどっかにやってあんたと一緒になってあげるが。

おまえは病気じゃ、狂うとる、医者へ行って診てもらえ。

女はもらった五十元を根宝に向かって投げつけると行ってしまった。数歩行ったところでまた振り返ると言った。根性のないクソ男に、誰が嫁ぐもんかいね、一生人からバカにされ続けるなんてまっぴらごめんじゃ。

実際、根宝の家をバカにする者などおらず、ただ村に劉姓は彼の家一軒だけで、親類縁者がなく、それが根宝に嫁の来手がない原因だった。二十九歳で、もうすぐ三十歳、一生の半分だ。三十になろうというのに家族を持てないでいることで、根宝は村で顔を上げて歩けないだけでなく、両親はどうしようもない後ろめたさを感じ、ずっと子供に対して申し訳が立たずにいた。

根宝の父さんはキセルの煙草が終わると、また詰めて、火は付けずに足下に置き、我知らず落花生をつかむと皮を剝き始めた。皮を剝いても食べず、月明かりで、目の前にうなだれて靴の上に座っている息子を見た。風呂敷が地面から柔らかく浮き上がっているようだった。そして直さないとと言いながら直すお金のない藁葺きの家を見た。低く崩れていて、屋根には今にも崩れてしまいそうな穴が二つあり、月明かりの中、それは人が掘った墓穴みたいだった。窓のない台所は、入口に割れた水瓶《みずがめ》があって、全体が月の光で白々と明るく清潔に光っていた。そばの豚小屋は泥の壁で、戸があって、飼い葉桶は石で、しっかりしたものだったが、なぜか豚がちゃんと育たなかった。豚に餌《えさ》をやれば豚は死に、羊を育てても死んでしまい、それからは鶏小屋になった。鶏は大きく育つものの、それがまた、三日か五日おきに一個しか卵を産まず、夏のたくさん取れるときでも、二日に一個産むものは一羽もおらず、言うまでもなく、ほかの家のように一日一個、あるいは一羽が一日二個、二日で三個産むようなこともなかった。これが劉家の日々だった。根宝の父さんはそんな暮らしが透《す》けて見えたかのようで、月明かりの中から視線を引き戻して、手の中の落花生を食べて言った。油が回っとる、まずい。連れ合いは言った。食べておくれ。これは根宝のおじさんが今日尾根の道を通ったときに買《こ》うてきてくれたんじゃけえ。根宝の父さんはまた落花生を手でひとつかみ取ると、手の中でパリパリ皮を剝いて言った。全部食え、根宝。

俺は食わん。

おまえはどっから鎮長の刑が長くても十日か半月て聞いてきたんじゃ。

李さんが言うとったんじゃ。

李は誰から聞いたんじゃ？

わからんわけがないじゃろ？　鎮長は李さんの店の前で轢いたんじゃし、県委員会書記も李さんのとこには泊まっとるんじゃ。

母さんがきいた。代わりに牢屋に入って、出てからどうするんじゃ？

父さんが言った。女が口だしすな。出てからどうするって？　したいようにすりゃええ。

鎮長さんがうちの息子を代わりに牢屋に入れるっちゅうんじゃ、鎮長さんじゃ、しょうがなかろうが。

それから顔を息子の方に戻して、息子を見ながら言った。根宝、ほんまに行きたいんじゃったら行け。李のところに行って、鎮長の代わりに牢屋に入りたいて言うんじゃ。覚えとけ、李の名前は李星じゃから、李星おじさんと呼ぶんじゃ。絶対面と向かって屠畜屋、屠畜屋言うたらだめじゃ。

この時、月はちょうど真上で、庭はますます明るく輝き始め、地面を這《は》っているコオロギも鳴くときに羽を震わせると白銀の光を煌《きら》めかせた。根宝が地面から立ち上がり門を出るとき、母さんは後から落花生をひとつかみ持って追いかけていき言った。食べながら行きんさい、油は回っとらんからおいしいよ。根宝は母さんの手を押しやり、俺は食べんと言うと出ていった。旅にでも出るかのようで、振り返らなかった。振り返らなかったがしかし、月明かりの中、彼の背中で落花生の音がサラサラ、サクサク明るく響き、誰かが水の中で何か洗っているようで、後ろ髪を引かれるやさしさがあった。

李の店は大忙しだった。庭には二百キロワットの電球が二つ追加され、きれいで明るい月もかき消されそうだった。遠くの鉱山で何かお祝いがあって、突然、人がやってくると、連日何頭かの豚をさばかせ、加えて明日は市の立つ日だったので、市で豚肉を吊《つる》して売る店の主としては、こちらもおろそかにするわけにいかず、そこで、李はもともとのテーブル以外にも、戸板をはずして、新たに豚をさばくための台にした。自分でもさばいたが、ほかの村から二人の若い助っ人を頼んだ。さばくのを一頭手伝うごとに十元の工賃だった。

庭は集まった人でごったがえしていて、鉱山の労働者たちに、見物に来た子供、さらに連夜豚を引っ張ってきて李に重さを量ってもらおうと待っている隣村の者もいた。根宝は村から出てきて、屠畜台の上の真っ赤に滴る叫び声が聞こえると、寒気がしたかのように体をブルッと震わせたが、すぐに自分を抑えて、震えを止めた。結局豚を殺しているのであって、人を殺しているわけではない。李の店の車も通れる大きな門を入ったとき、すでにさばかれた豚が棚に吊されていて、上半身裸の李がちょうどきれいな水をすくって肉にかけて洗っていた。すくってはかけ、すくってはかけするたびに、赤く艶《つや》やかな血がセメントの床に流れ落ちていき、溝を通って家の裏の方へ流れていった。あたり一面生き血の生臭い臭いで一杯だった。助っ人の二人の若者は、一人は庭の隅で大鍋に湯を沸かして豚の毛を温め、もう一人が鉄のかけらで棚に吊されている豚の残りの毛をそいでいた。豚の毛はちょっと生臭く、焼いた獣の皮のような嫌な臭いがした。李の店は一年じゅう四季を通してこの臭いがした。根宝は、この臭いの中で県委員会書記はよく寝れたもんだと思った。向かいの建物の二階にある南向きの二部屋の客間の、東の部屋の入口には看板が掛けてあって、県委員会の趙書記ここに泊まる、と書かれていた。灯《あか》りを頼りにその額を見ていると、西側の部屋の入口に新しい看板が掛かっていて、馬県長ここに泊まる、と書いてあった。根宝は少しわけがわからなくなった。県長がいつここに泊まったのか？　でもきっと確かに泊まったのだ、そうでなければ李がこの額を掛けることはないはずだ。

看板を見てから、根宝は人を掻《か》き分け李の後ろに近づき、李が豚肉を一枚きれいに洗い終わるのを待って、小さな声で呼んだ。李おじさん。

李は振り返りもせず、肩に飛んだ血しぶきを手で払い、額の汗を腕でぬぐい、もう一枚の豚肉の下までくると、また水をすくった。振り返らなかったが、誰かが彼を呼んだのは聞こえていた。彼は水をかきまぜながら言った。根宝じゃろうが？

ああ、そう、俺です、李おじさん。

李は水をひとすくい豚の腹の内側の肉にかけた――

鎮長の代わりに罪をかぶりたいんか？　こんなええことは、神さんに頼んでもなかなか手に入りゃせんが。

血しぶきが顔にかかり、彼は一歩後ろに退いた――

俺、父さんと相談したんじゃ、俺、やりたい。

李はまたひとすくい水をかけた。

やりたい言やあ、行けるもんじゃないんじゃ。まず部屋で待っとれ。

根宝が、李の客人がふだん食事をするレストランに行くと、そこにはもうすでに三人の村人がいた。一人は村の西の呉柱子で、四十過ぎ、奥さんが子供を連れて男と逃げ、隣村の幹部の弟の家にかくまわれていて、死んでも帰らないと言っている。彼は一人で暮らすしかなかった。もう一人は村の南の片輪の趙で、暮らしはもともと、どんどん良くなっていて悪くなかったのだが、煉瓦《れんが》を焼く窯《かま》が崩れて、片輪になり、暮らしも崩れ落ち、今は信用組合に大きな借金があった。さらにもう一人は村の東の李慶で、鎮で商売しているが、ゴーリキー（自動車メーカーの名前）の車も一台持っていて、運送もやっている。根宝は、柱子と片輪は自分と同じで、鎮長の身代わりになって牢屋に数日入り、一人は鎮長に頼んで自分の奥さんを取り戻そうとしているのだし、一人は鎮長に頼んで信用組合の借金をちゃらにしてもらおうとしているのだとわかった。しかし李慶が一体どういうわけで、片輪と柱子と一台のテーブルを囲んでいるのかわからなかった。そこで、根宝が入っていき、みんなが根宝を見たとき、根宝は視線を一歳年下の李慶に向けた。

李慶は他人のものでも奪ったかのように、恥ずかしそうに俯《うつむ》いて言った。わしの弟が今年師範大を卒業するんで、鎮に戻って教えられるよう鎮長に口利いてもらおう思うて。

柱子は李慶を冷たい目で見ると言った。おまえは今でもいいのに、もっとよくなりたいんか。

李慶はさらに頭を低く垂れて、外の地面の血と同じように顔を真っ赤にした。

この時、片輪も李慶の顔を睨《にら》み付けると言った。おまえは帰れ、俺たち二人と根宝にチャンスをくれ。

李慶は行かず、また頭を上げると、決まりが悪そうに笑った。

根宝は空いている椅子に座った。四角いテーブルで、昔は八仙卓と呼んでいたが、今では都会の人の言い方に合わせてテーブルと言うようになった。食堂もレストランと言うようになった。レストランは十数平米で穀物や小麦や油など雑多なものが並べられ、空いたスペースにそのテーブルが置かれていた。金を払って食事をするわけではないので、テーブルの上にアルミのやかんはあったが、誰も彼らにお茶を入れてはくれなかった。テーブルの上の電球は、ハエと蛾《が》が周りを飛び回り、疲れると、蛾は電球にとまって羽を休め、ハエは四人の体やベトベトしたテーブルの上に降りて息をついた。

外でまた豚の叫び声がした。ザラついて人を驚かせる、山の向こうの鉄道の汽笛のようだったが、汽笛に比べると少し短く、汽笛よりも雑多な感じだった。間に豚の息と人の騒ぐ声が混じっていた。そうしてしばらくすると、突然静かになった。もちろんナイフが豚の首から内臓に突き刺さったのだ。残ったのは、李が指図しながらお湯を掛けて毛を抜き、棚に引っかけて腹を割いて内臓を取り出す声と、誰かがこっちは脂が乗っている、あっちは脂が乗っていないと言い合う声だった。部屋は少し暑かった。金儲けに忙しい李は、レストランに入ってきて誰かを指さし、おい、おまえが鎮長の代わりに罪をかぶれと命令し、残りを指さして、おまえたち三人にはこの話はなしだ、と言うようなことにはかまっていられないようだった。たぶん、李はこんないいことを誰にさせたらいいかなどわからないので、豚を殺すことだけにかまけ、部屋の中の根宝、柱子、片輪そして李慶はほったらかしなのだ。屠畜屋の妻と子供は二階でテレビを見ていて、テレビからカンフーの音が煉瓦や瓦が屋根から落ちるように聞こえてきた。根宝が顔を上げて天井を見ると、ほかの三人も顔を上げて見た。

李慶が言った。もう真夜中じゃ。

柱子が言った。急ぐんなら先に帰れ。

李慶が言った。急いじゃおらん、夜明けまででも待つよ。

片輪は李慶をちょっと見ると、また根宝の方に顔を向けて見据えて言った。なあ、おまえは実際わしらと同じようにしたら損じゃろが、結婚はしとらんが、学校には行っとるじゃろ、ほんまに鎮長の代わりに牢屋に入ったら、その経歴に疵《きず》がついて、それから先どうやって結婚するんじゃ？

根宝は何か言いたかったが、すぐにぴったりの言葉が思いつかず焦っていると、李慶が彼の代わりにこたえてくれた。李慶は言った。本当に鎮長の身代わりになったら、結婚もできる。根宝が感動して李慶を見ると、李慶はうなずいた。李慶と屠畜屋は一族で、彼は李の家の中では少し自由に動き回れたので、こっちを回り、あっちを見て、上に上がってちょっとテレビを見て、戻ってきたついでに李のところに行って催促して言った。李おじさん、誰が明日鎮長の罪をかぶりに行くのか、早く決めてもらえんか。しかし一回りして戻ってきて、彼は部屋に入ると言った。李おじさんは忙しいんで、四人が自分たちで鎮長の代わりになる一人を選べ言うとる。自分たちで選ぶ？　誰を選ぶ？　もちろん選びようもなく、誰もほかの誰かを選ぶことに同意するわけがなかった。そして、四人はお互いに見合って、誰の顔にも引き下がる気持ちがないことを見て、それぞれ顔をそむけた。

時間は牛の歩みのようにポックリポックリと過ぎていった。夜はもう涸《か》れた底なしの井戸のように深くなっていた。彼らがそんな風にじっと座っていると、上のテレビの音も聞こえなくなり、李は続けて五頭の豚を殺し、柱子と片輪は机の端にうつぶせになって眠り、根宝は李がすっかり彼らのことを忘れたのではないかと思った。結局誰かに鎮長の罪の肩代わりに行かせる気が李にあるのかどうか、自分に行かせるのなら行くのだが、そうでないのならあきらめて家に帰って寝ようと思ったとき、突然誰かがレストランのドアをトントン叩《たた》いた。

彼らはみな驚いて目を覚まし、視線をドアの方に向けた。

彼らを起こしたのは李ではなく、李が豚を殺すのを手伝っていた若者の一人だった。彼は豚を殺すナイフでドアを叩いたので、ナイフの刃の豚の鮮血が柔らかい豆腐のように揺れて、ドアの足下に落ちた。四人が目を覚ましたのを見て、彼は手に持っていた四つの紙包みをテーブルの上に置いて言った。夜中も十二時過ぎたけえ、李おじさんはあんたたちをもう待たせるなって。ここに四つのクジがある。このクジの中の一つには黒い豚の毛が、ほかの三つには白い豚の毛が入っとる。黒い豚の毛をひいた奴が、鎮長の恩人になりに行く。白い豚の毛をひいた奴には鎮長の恩人になる運がなかった、ということじゃ。そして、言い終わると、彼は灯りの下に立って、四つのクジを見ながら、四人のことも見ていた。

四人の眠気は吹き飛んだ。誰が鎮長の代わりに罪をかぶって恩人になるのかという重大事の決着がその四つのクジの中にあるのだ。クジは煙草の箱の紙を四つに切ったもので、慶事のめでたい真っ赤な色だったが、四つのうち三つは中身が白い豚の毛なのだった。四つのクジから視線を戻して、彼らはそれぞれ目を大きく見開いていたが、誰も自分から手を伸ばしてクジをつかもうとはしなかった。

若者は言った。取れよ、取ったら寝れるぞ。あんたらにはまだクジを引く運があるんだ。

俺は檻に入りたい言うて、李おじさんと一晩じゅう相談したんじゃが、おまえは呉家坡の人間じゃないから行かせん、クジも引かせんと言うたんじゃ。

李慶は若者を見ながら言った。おまえ、わしらをからかっとるんじゃあるまいな。

若者は言った。少しでもからかっとったら俺はあんたら四人の孫じゃ（自分を孫と言うことで自分を貶め相手を持ち上げている）。俺は鎮政府の部屋をいくつか借りて商売をしたいんじゃ、じゃが、どうしたって俺ら田舎もんのところにゃ、回ってくりゃせん。もし俺が鎮長の代わりに半月檻に入ったら、鎮でできん商売があるか？ 税金集める奴を見て逃げ回る必要があるか？ 早《は》よ引け、あんたらが引き終わったら、俺はまた豚を殺しに戻るけえ。

李慶が何も言わず、最初にテーブルからクジをつかみ取った。

そしてみんなつかんだ。

根宝はテーブルの最後に残った一つをつかんだ。開けようとしたとき、手が震え、手に汗が出て、開けるスピードがちょっと遅かったので、彼が全部開ける前に、杜子がプッと吹き出して笑うのが聞こえた。やった、黒い豚の毛じゃ、かみさんと子供を家に呼び戻せる。そう言い終わると彼はクジをテーブルの真ん中に置いた。みんなが見ると、果たして本当に黒い豚の毛で、一寸ほど、光って、麦の穂のように尖《とが》ってクジの紙の中に横たわり、その黒い豚の毛からは、うっすら生臭い羊のような臭いがした。

若者は戸口に立ったまま言った。決まった。あんたが鎮長の恩人になるんじゃ。みんな家に帰って寝るんじゃ。

片輪は手の中の白い豚の毛をちょっと見ると言った。クソッタレ、さっさと家に帰って寝りゃよかった。そしてクジと豚の毛を投げ捨てた。

李慶はテーブルの上の黒い豚の毛をチラッと見てから、何も言わず自分から先に出ていった。戸口を出るときにかまちを思い切り蹴飛ばした。

そしてみんな帰っていった。根宝は李の店から出ると、振り返ってまた県長と書記がここに泊まったという看板を見て、李に声をかけたいと思ったが、ちょうど豚の内臓を取り出すのに忙しそうだったので、また門に背を向けて、黙って李の店の大きな門から帰っていった。

外の尾根の道には涼しい風が吹いていた。遠く畑の麦の苗の青い匂いが正面から漂ってきて、彼は思いっきり吸い込んだ。眠気は体に微塵《みじん》も残っていなかった。

家に戻ると、父さんも母さんもいなかった。根宝が庭に入ると、庭中におやきの匂いがした。さらに家の中をのぞいてみると、椅子の上に青い風呂敷が置いてあった。先に家の中に入ってその風呂敷を開けると、それは彼が予想していたのと同じもので、母さんが、明日鎮長の恩人になるために出発する彼のために準備した衣類、荷物で、ズボン、シャツ、靴下、半月は帰ってこられないならと、夏のシャツや短パンも彼の代わりに準備していた。さらに荷物の中には底を何枚も重ねて縫った布靴が一足と、どこから買ってきたのか三足の解放靴があった。母さんがどうしてそんなにたくさんの靴を用意したのかわからなかった。もう鎮長の代わりに罪を償いに行くことができなくなったのは言うまでもないが、たとえクジを引き当てて本当に行けたとしても、十日か二十日で戻ってくるわけで、どうしてそんなにたくさんの靴がいるというのか？

夜は底なしに深く、尾根の李の店からときどき伝わってくる豚の鳴き声のほかに、村には月光が移っていく音さえもなかった。荷物の中の新しい靴や古い服、半分腐りかけの石けんの匂いや靴底に粘り着いた穀物の甘い匂いが、部屋の中に淡くふんわり漂っていた。根宝はその荷物の前にしばらく立つと、部屋から出て、台所のテーブルの前に立ったまま動かなくなった。母さんは彼が出かける前に携帯する食料までしっかり準備してくれていたのだ。おやきやネギやごま油の匂いが川のように流れて、テーブルの上から床へサラサラと流れ落ちていた。どのおやきも煎餅《ジエンビン》（クレープ状に焼いた皮に油条などを包んだ食べ物）を焼く鍋ほどの大きさに焼いてあって、それから十字に切り分けて、丸い一枚が四片になり、全部で十二枚のおやきがテーブルの真ん中に積み重ねられていた。

おやきを見ながら、根宝は泣いた。

台所から出て、また庭に立つと、柱子の家がある村の西の方を遠く眺めた。眠りについている呉家坡村を見ると、一面新しい瓦の家で、月光の中、どれも青くテラテラと光って、ただ彼の家だけが、高い瓦屋根の下に沈み、まるで一面旺盛《おうせい》に伸びた草の中の一束の枯れ草のようだった。根宝がちょっと悲しさを感じて視線を戻したとき、東隣のおばさんが、真夜中だというのにものすごい勢いで門から入ってくると言った。根宝ちゃん、向こうであんたの帰ってくる音が聞こえてきたもんだから。まったく焦らせる子だよ、あんたの父さんも母さんもみんなうちにいるよ。あんたってほんと運のいい子だよ、うちのいとこが離婚して、今うちに来ててね、あんたが鎮長の代わりに牢屋に入る、それにあんたがまだ結婚していないって聞いて、彼女はいいって言ったんだよ。あたしたちはあんたの家で夜中まで待ってたんだけど、あんたが帰ってこないもんだから、うちに戻ったかと思ったら、あんたが帰ってきたんだよ。あんたの父さんもあんたの母さんもいとこをうちまで見送って来てくれたんだけど、話が終わらなくてね。早くうちに来ていとこに会っておくれよ、もうピチピチの柔肌《やわはだ》で結婚してない娘と同じだよ。さあ、根宝、行かないのかい？　何ぼんやりしてるんだい？

東隣のおばさんは四十前後の鎮の人で、ほっそりしていて機敏で器量が良かったが、彼女を好きになった男が商売のできる人だったので、がまんして鎮から呉家坡に嫁いできた。彼女は学校にも行って、話が上手で、見栄《みば》えの良くない服でもきれいに着こなした。彼女は呉家坡にはろくな人間はいないとわかっていたので、誰と話しても相談する感じはまるでなく、小学校の先生が子供に教えているようだった。月はすでに山の端に移って、ぼんやりした灰色が庭を覆っていた。根宝には隣のおばさんの顔がはっきり見えず、彼女がまくし立てているあいだじゅう、両手が風に吹かれている柳の枝のように舞い踊っているのが見えるだけだった。そして、この真夜中に、彼女は話し終わると彼の手を引っ張って自分の家に連れていこうとした。自分の指が彼女の柔らかく暖かい手で包まれるのを感じ、彼女の髪からは女の匂いがして、極寒の冬に突然夏の麦の香りが漂ってきたようで、体がカッと熱くなり、ほてりは馬の隊列のように彼の頭に駆け上がってきた。頭の中がウォンウォン鳴り響き、おばさんの手から抜け出し、鎮長の代わりに牢屋に入ることはできなくなった、クジは柱子が当てたと言いたかったが、口から出た言葉は、おばさん、引っ張らないで、だった。

どうしたの？　うちのいとこ、嫁にしたくない？

牢屋に入るんだ、いいことじゃないよ。

鎮長の代わりに入るんでしょ？

じゃが入ったら十日や二十日じゃすまんかも知れん。人を轢き殺したんじゃけえ、半年、一年になるかも。

おばさんはぼんやりした夜の中に立って笑って言った。風呂敷の中に三足の解放靴があったの見たでしょ？　あれはうちのいとこがさっそく隣村の店まで行って買ってきたのよ。牢屋に入ったら、煉瓦を焼くか、煉瓦の機械工場での労働改造に行くでしょ、靴はとりわけボロボロになるからね、労働改造なら最低一年だしね。

労働改造なら二、三年になるかも知れん？

うちのいとこは気持ちを大切にするの。彼女の旦那は街に行くといつも若い子を探してね、旦那が彼女に不誠実だから離婚したの。うちのいとこは、男が牢屋に入るのはなんでもないのよ、嫌なのは男に金があって街に行ったらホテルに泊まって銭湯に行くことなの。

おばさん、そうなら、おばさんの家に行って彼女にまず何て言ったらいいの？

お母さんが焼いたおやきをいくつか持っていって、夜中だから夜食を持ってきたって言えばいいのよ。

そう言うとおばさんは出ていった。草原を飛び回る羊のように軽やかだった。根宝は東隣のおばさんが門から出ていくのを庭で見ながら、自分に言い聞かせた。早《は》よするんじゃ、ぐずぐずしとったら夜が明けてしまう。おばさんは夜の中に融《と》けていった。

根宝はおばさんが言ったように、おやきを取りに台所に戻りはしなかった。彼はそこにしばらく立ったまま考え、おばさんの足音について門を出た。彼は東隣のおばさんの家には行かず、右に曲がって村の西へ向かって歩いていった。村の西の柱子の家に行ったのだ。柱子の家も瓦屋根で、門も煉瓦でできていて、高く大きく、見ただけで裕福な家だとわかった。裕福だったが、かみさんはほかの男と逃げたのだ。その男は大工で、村支部書記の弟だった。根宝が柱子の家の門の前に着くまで、彼の足音に驚いた犬の鳴き声が通りに響き、足音が煉瓦の門の前で止まると犬の鳴き声も止んだ。門の隙間《すきま》から、柱子の家の母屋にはまだ灯りがついているのが見えた。もちろん、彼はまだ寝ていないのだ。明日朝御飯を食べたら李と一緒に鎮長に会いに行くのだ。鎮長と会ったら車に乗って公安局に行く。それから捕まえられて牢屋に入り、審査を受け、当分の間は戻ってこられないのだ。柱子は言うまでもなく、徹夜で牢屋に入る荷物の準備をしているのだ。

根宝は軽く柱子の家の門を叩いた。

門はニレの木で、指の関節が当たると石を叩いたような音がした。月は沈んで真っ暗な中、乾いた硬い音が村の通りの家の軒先に小石のように飛んでいった。音は中に響いていったが、柱子の家の中からはなんの返事もなく、犬の吠《ほ》える声だけが村に響いていた。

根宝はまた力を入れて門を叩いた。

返事がした。――誰じゃ？

俺じゃ、柱子兄さん。

根宝か、何じゃ？

兄さん、門を開けてくれんか、話があるんじゃ。

柱子は家から出てきて門を開けた。門のところまで来るとまず灯りをつけてから、両開きの大きな扉をギィッと開けた。

門が開くと、根宝は柱子の前にバッと跪《ひざまず》いた。

柱子は飛び下がると言った。根宝、何するんじゃ、こりゃ何のまねじゃ？

柱子兄さん、鎮長の身代わりを俺に譲ってくれ、兄さんは何というてもいっぺんは結婚しとるんじゃ、男になるいうのがどういう味なんか知っとるんじゃ。じゃが、俺はもう三十になるっちゅうのに、まだ男になるいうのがどういう味なんか知らんのじゃ。俺に鎮長の代わりに牢屋に入らせてくれ、鎮長はきっと家に何か困りごとはないかきくじゃろう。そしたら一番に、兄さんの奥さんと子供を家に戻してくれるよう頼むけえ。どうじゃ？

柱子は門の灯りの下の根宝を睨み付けたまま何も言わなかった。

根宝は頭を地面にこすりつけて言った。柱子兄さん、お願いじゃ、俺の頼みをきいてくれんか？　この通りじゃ！

わしがおまえを行かせたら、わしの代わりに鎮長の前でちゃんと話ができるんか？もし兄さんの窮状を言えんかったら、兄さんの奥さんと子供さんを戻させることができんかったら、この俺は柱子兄さんの曾孫じゃ！

じゃあ、頭を上げてくれ。

根宝は柱子に向かって頭を三遍《さんべん》地面にこすりつけてから立ち上がった。

慌ただしい一夜が過ぎた。

翌朝昇ってきた太陽は仲春の光で金が流れるように四方を照らし、山脈の田畑、嶺《みね》や尾根、木々や村々は日の光の中、明るく輝いていた。呉家坡がこの春の朝目覚めたとき、根宝の家に吉事があったことを誰もが知っていた。根宝は鎮長の代わりに牢屋に入るのだ。荷物はすでにまとめてあり、布団も畳んで縄で縛り、白いおやきも穀物袋の中に入れてあった。

根宝は鎮長の恩人になるのだ。

根宝がトウモロコシのスープを飲み、漬け物とおやきを食べて、荷物を持って道に出たときには、門の外にはたくさんの村人たちがいた。李慶、片輪、柱子、東隣のおばさん、それからおばさんのいとこ。昨日二人は夜通しかけて婚約し、彼女はきっと十日や二十日では帰ってこられない、でも一年でも二年でも待っていると言った。そして彼女は朝おばさんの後ろに寄り添って彼を送った。村人たちは彼女が根宝に嫁ぐことはまだ知らなかったので、彼女はいとこのおばさんと一緒に見にきたのだろうと思っていた。父さんは彼の後ろで布団を持ち、子供が大きな仕事をするために旅立つかのようで、満面喜びと自慢で一杯だった。キセルは家に置いて、特別にフィルター付きの紙巻き煙草をくわえていたが、ほんとに吸っているわけではなく、ただ燃やして青い煙を口元からゆらゆら立ち上らせていた。母さんは手に穀物袋を持っていたが、門を出て東隣のおばさんのいとこを見つけると、顔を輝かせて彼女に近づいていった。根宝には母さんと彼女が何を話しているのかは聞こえなかったが、二言三言話す中、おばさんのいとこは母さんの手から穀物袋を取って手に持ち、橋を渡るときにはお年寄りを支えるように母さんに手を添えていた。見送りの人たちの群れの中で、彼女は夏の草原で咲き誇る花のようだった。鎮の人で、家は鎮政府の隣、子供のときには茶碗を持って鎮政府の庭を駆け回り、加えて彼女はいとこのおばさんとは普通より付き合いが深く、服の着こなしも言葉遣《ことばづか》いも仕草も、呉家坡の人と比べると違うところだらけで、だから彼女が母さんの腕に手を添えたとき、それを見た人はどういうことかはっきりわかり、その目には羨望《せんぼう》の色が宿った。門の前の人の群れはもともと十数人ほどだったが、根宝の一家が出てきて、そこで言葉を交わし始めると、あっという間に一面人だらけになった。畑仕事の途中で根宝が鎮長の恩人になるときいて、慌ててお祝いを言いに来た者もいた。彼は言った。根宝、出世しても、俺のことを忘れないでくれよ。根宝は香り高い光を発している彼女から視線を戻すと、笑いながら言った。何が出世じゃ、身代わりで牢屋に入るんじゃ。その彼は言った。誰の身代わりで？　鎮長じゃ。それじゃあ、おまえは鎮長の恩人じゃないか、おまえが出世するのが俺にわからんとでも言うんか？

根宝はただ笑って返事をしなかった。

根宝はこうして見送りの人の群れの中をゆっくりと進んでいった。前も人、後ろも人、おしゃべりや笑い声、そして足音は秋風に舞う落ち葉のようだった。父さんは彼の後ろで、誰かが荷物を持つのを手伝おうとすると、ええんじゃ、ええんじゃと言いながら手を緩めた。そしてズボンのポケットから煙草の箱を取り出すと開けて、一本また一本と手渡していった。受け取らなければ口に突っ込んだ。根宝は柱子に近づきたかった。柱子、李慶、片輪たちは昨日の晩の運命争いがなかったかのようで、仲良く道端で固まっていて、人の群れがぎっしり囲み、みんな我先にと話すものだから、根宝は人の群れを隔てて柱子に手を振ってうなずき、自分の感激を表すことしかできなかった。村にはしばらく何年もこんな喜びの見送りはなかった。いつだったかどこかの家の子供が軍隊に入ったときも、こんなに触れ回られ、大げさなことにはならなかった。しかし今日根宝はそれを手にした。彼はすっかり満足して村の入口へと移動しながら、飯場のところで立ち止まると、手を振って、声を出した。見送りありがとう、もうみんな帰ってくれ、ありがとう。俺は牢屋に入りに行くんで、兵隊に行くんじゃないんじゃから。彼がどんなに説明しても、人びとは見送りをやめようとはしなかった。

人びとは彼を取り囲んだまま、尾根の李の店へと歩いていった。

李はすでに尾根の日光の中、人の群れに向かって手を振っていた。手を振ったので、根宝の足が速くなった。しかし根宝が歩を速めれば速めるほど、李はますます手を振った。口のところで両手をラッパのようにして、大声で何か叫んでいるのだが、遠くてはっきり聞こえず、みんな彼が根宝を急《せ》かしているのだと思った。

根宝は荷物を持って小走りで行った。李を尾根で長い間待たせたくなかったのだ。しかし彼が人の群れを掻き分けて尾根に向かって走り始めたとき、李のそばから昨日豚をさばくのを手伝っていた若者が駆け下りてきた。二人はお互い駆け寄って、近づいたときに、若者は道端の石の上で止まり、声を張り上げて言った。劉根宝、李おじさんがあんたはもう来んでいいって。鎮長が朝早く鎮から来て、もう身代わりはいらんようになったって。

根宝は足を緩めて立ち止まり、電信柱が道の真ん中に立っているかのように、その若者を見ながら叫んできいた。何て言うたんじゃ、なんちゅうことじゃ、何て言うたんじゃ？若者は大声で言った。あんたは行かんでもようなったんじゃ。鎮長が轢き殺した被害者の親がものわかりがええ人で、鎮長を責めるどころか、鎮長に賠償金はいらない、ただ被害者の弟を鎮長の義理の息子にしてくれればそれでええと言うたそうじゃ。

今度は、若者の話が根宝にも全部聞こえた。そこに立ってはいたが、足の力がぐにゃりと抜け、自分が倒れないように全力で足に力を入れた。視線を山の尾根に向けると、李が尾根の道端で何人かに指示しながら車に新鮮な豚肉を積んでいた。彼に背を向け、踊っているようで威勢良く、肩は戸板のように広く、このうえなく力強かった。

彼に続いて、見送りの村人たちがおしゃべりしながら笑いながら近づいてきた。一人の人間が大きな車を坂の上まで引っ張ってきたみたいだった。根宝は李かあるいは駆けてきて叫んだ若者に、話の中身をもう一度村人たちにはっきり話してほしくて、またゆっくりと尾根の道に向かって歩いていった。

日はまた高く昇り、真っ赤に輝いていた。

きぬた三発

極寒の冬で、水瓶は割れ、地も裂け、ニレもチャンチンもキリもエンジュも寒さのあまりウォウォ叫んだ。豚は餌《えさ》を食べようとしなかった。餌が飼い葉桶に入るや凍りつくからだ。人の茶碗も手を離れてテーブルに置かれると、茶碗の底がテーブルの表面にくっついて一緒になった。地面に置いてえいっと引っ張ると、茶碗の底には氷《こお》った土がへばりついている。そんな日に、一人の看守が石根子に尋問室に行って尋問を受けるよう知らせに来た。牢屋から尋問室まではかなり遠い道のりで、長い長い氷の川を行くようだった。石根子が入っているのは重罪の牢獄で、六平米、木のベッドで、ベッドの上には薄く藁《わら》が敷いてあり、看守が入ってきたとき、彼はちょうどベッドで布団にくるまって暖まっていたところで、そのチビの看守を横目で見ると言った。

「また尋問か」

「おまえのためだろ？」

「おんなじ話の繰り返しじゃないか」

「早く行くんだ」

石根子がベッドから離れるとき、藁がズボンにひっかかり彼を引っ張ったので、ベッドを蹴飛《けと》ばして言った。「帰ってこないわけじゃないぞ！」監獄は驚くほど寒く、床の裂け目は指の太さほどもあり、汚れた白い空の下で黒く深かった。石根子が部屋から出ると、寒さが彼の顔を打った。「クソッタレ、なんなんだこの天気は」看守の前を歩いて、尋問室へと入っていった。手錠は氷の腕輪のよう、足かせはさっき布団の中にいたときはまだましだったが、今は極寒で冷たく冷え切り、チャランチャラン音を立て、歩いている間じゅう響き、楽器のようだった。石根子はその青く硬い音が、足先でちょっと止まってから、また彼の後ろや看守の前に落ちて、蟒蛇《うわばみ》のようにあちこち逃げ回るのを見ていた。彼は思った。李蟒《りぼう》、おまえはすごかった。じゃが、おまえがどんなにすごかろうが、わしのきぬた三発を止めることはできんかったんじゃ。あのきぬた三発を思い出すと、石根子の足下の足かせはゆっくり跳びはね始め、踊っているようで、踵《かかと》は風のように軽く、つま先は風の中の木の葉のようだった。

妻は言った。「あんた、李蟒が今夜も来いって」

石根子は妻を見ながら、彼女の顔に心配そうな表情が浮かんでいるのを見て何か言いたかったが、何も言わず、空《から》の茶碗を持ったまま部屋から出ると、御飯とスープを装《よそ》って、門の外へ出ていった。

石根子は門の入口の石の上に座って御飯を食べた。妻も茶碗を持って出てくると、周りをチラチラ見てから、彼のそばにしゃがんだ。

「いいの？　何か言ってよ」

石根子は村の入口の方を見ると、落日の光が敷き詰められ、村人たちはみな茶碗を持ち、茶碗にはその光が盛られ、彼らの後ろには建物の影があった。その建物は李蟒の家で、村で一番の建物で、その様子は耙《は》耬《ろう》山脈全体でもとても新しく、二階の屋根には黄金色の銅瓦を使い、古びた味わいで古い形の役所によく使われる、四角い軒で、風鈴も吊《つる》してあった。壁の外側には南方の陶器の煉瓦《れんが》を嵌《は》めこみ、内側は灰色ではなく白いペンキで、人の影が映るほどだった。李蟒は薬の原料の商売で成功し、柳の枝があっという間に家の梁《はり》まで届くように、村では堂々と権勢を誇っていた。石根子の妻が娘のときに彼と仲が良かったことは誰もが知っていたが、のちに十八里外の劉家澗《りゅうけかん》に嫁いでいったのだが、また李蟒とよりを戻したのだ。石根子は言った。「一緒におらんと、だめなんか?」妻はきいた。「この三部屋の瓦の家はどうやって建てたの?」石根子は無言の返事をすると、自分の顔にびんたを喰《く》らわして罵《ののし》った。「石根子、このクソッタレが、生きとるっちゅうのに何をしとるんじゃ!」そして頭を抱えて地面にうずくまると、死んでも死にきれない様子で黙り込み、それは永遠に続きそうだった。

ただ運命に従うしかなかった。

この調子で八年が過ぎ、彼は八年間、出歯亀の王八《ワンパー》野郎（妻を寝取られた夫）となり、李蟒が新しい相手を見つけて何かの委員になり、事は終わった。それぞれの子供も学校に上がり、石根子も人として生きることができるようになって数年が過ぎた。しかしその年の冬、ある日の夕方、彼は〈鬼地〉から戻ると、妻が部屋で座って涙をぬぐっていて、テーブルの上には百元《ユエン》が置いてあったので、驚いてその金をつかんできいた。「何の金じゃ?」妻は答えず、手で顔の涙を拭いた。心の中に轟音《ごうおん》が鳴り響き、頭に血が猛然と上ってきて、彼はその金をクシャクシャに丸めると妻の前にポンと投げつけ、自分はもう二度と首をすくめた出歯亀になるわけにはいかない、小便の混じった泥のように、子供に好きにこねられ、豚にされたり、ロバにされたり、頭のない大王八にされるわけにはいかないと思った。

子供が言う。「石根子、石根子、みんなが、おじさんのかあちゃんが一番あったかい布団だって。僕、夜寒くて寝れないんだ、今夜は僕のところに来てあたためてもらってもいい？」

「叩《たた》き殺すぞ！」

　隣人が言う。「根子、これが誰の子かも、わからんのに、殴れるんか？」

　広く大きな斜面で、耙耬山脈の無縁仏の墓地だったが、いくつかの村で一人で死んだ村人をそこに埋めたせいで、もうぐちゃぐちゃで、清明節にお参りする人もなく、一年、二年、十年、二十年、もう一面荒れ放題で、豚がいなくなったり、羊がいなくなったり、人が夜歩くと夕方から明け方まで歩いても、その荒れ地から抜け出せなかったりしたので、〈鬼地〉と呼ばれるようになった。一昨年は、牛が一頭いなくなった。去年は羊を追っていた子供がいなくなった。この冬、村人たちは鬼地に隣接する道の風上に堀を掘り、堤防を造り、幽霊がその堀を渡れないように、その堤防を越えられないようにすることにした。実際は人がみだりに鬼地に入り込まないように、その堀と堤防を越えられないようにしたのだ。――さらに、鬼地のこちら側に、青色の鎮守の石碑を立て、幽霊がその碑を見たら前に半歩も進めなくなるように、人が見たら、そこが鬼地だとわかり遠回りすることができるようにした。村人たちは冬になると鬼地に行って堀を掘り堤防を築いた。掘り始めると一掘りする度に死人の骨が出てきた。すると村人たちは手を止めて叫ぶのだ。「石根子、拾いに来てくれ、どっかに埋めてやってくれ」石根子は「なんでいつもわしに拾いに行かせるんじゃ」と口ごもりながら行くのだった。村人はきいた。「じゃ、ほかに誰に拾わせるんじゃ？」彼は村の男たちをじっと見て、考えてみてわかった。村には彼より軟弱で意気地無しの男はいなかった。しかたない、しゃがみこんで骨を拾うしかなかった。

しかし思いも寄らなかった。自分が外で人が最もやりたがらない汚い仕事をして、人からバカにされて、家に帰ったら今度は妻にバカにされるとは。彼はその百元を地面に投げつけ、足で踏みつけ、喉《のど》に鉄筋のような筋を立てて、妻の髪の毛をつかんで、手を宙に振り上げると——

ところが妻は泣くのをやめて、彼を睨《にら》み付けると叫んだ。

「あたしを殴るん？　殴りゃええ——あたしを殴ってそれで男になれるんか？　李蟒はよう殴りに行かんのか、李蟒を睨み付けることができりゃ、あんたも男じゃがの」

石根子の手は宙で固まった。

妻は喉を震わせて言った。「放してちょうだい」

石根子は手を離した。

妻は言った。「何を食べるの？」

石根子は何も食べず、また頭を抱えて地面にうずくまった。

妻はお金を拾いに行き、広げて言った。「今度の市であんたのズボンの生地と、子供には靴を買ってあげようかね」そしてお金をポケットに入れるとまたきいた。「何食べるの？」

石根子はゆっくり顔を上げると、また叫んだ。「糞《くそ》じゃ。糞でもわしには上等じゃ！」

看守は石根子の後ろ二メートルのところを歩いていたが、石根子には看守が新しい、黒いピカピカの革靴を履いていて、まだ履き慣れていないのがわかった。歩くと石鎚《いしづち》で石灰石の板を叩いているようで、コツコツと響いた。その音は彼の足かせの音と宙でぶつかり合った。石根子は彼の踵に視線を向け、両足に沿って上に移動させると、彼の後ろの足かせの音が白が多くて青が少なく、白い鋼球のように硬くて、看守の踵から出る音は、黒が多くて白が少なく、さらに少し温もりのある赤色で、火鉢の木炭のようだった。二つの音はぶつかり合い、木炭のほんのり赤い音は、ハラハラパラパラと砕け、土埃《つちぼこり》のようにそこらじゅうに落ちた。遠くに人間二人分の高さの鉄条網があり、風でユラユラ揺れていた。近くには、ほかに二人の犯人を呼び出し尋問する看守が迎えに来ていて、彼を見ると、彼の看守とお互いうなずきあってあいさつを交わした。二人の看守が行ってから、彼の看守は早足で近づくと小さい声で言った。

「今日は最後の尋問だから態度に気をつけて、強がって無鉄砲になるんじゃないぞ」

「本当のことを言わせたいんじゃないんか？」

「もちろん。一は一、二は二と言わないと」

「わしはこれっぽっちも嘘《うそ》を言うたことはないが」

「みんな、あんたの態度がいいということは、わかってる」

「この石根子、嘘を言う必要はどこにもない」

「もし、言ったことでも、今日ただせばまだ間に合うが」

「この石は、正真正銘、男じゃ、嘘なんか言うたらそれこそ出歯亀王八じゃ」

また一人正面からやってきたので、看守は歩みを緩《ゆる》めて彼から離れた。彼は看守の足音が薪《まき》のようで、自分の足かせの音が鋼球のように聞こえた。彼の足音が看守の足音を全部打ち砕いているのが見えて石根子は得意になり、犯人の番号が付いている綿入れの襟を折り曲げるとギュッと体に巻きつけ、わざと手錠の音をさせ、チャラチャラ白い音を響かせた。

「何してる？」

「手錠が氷みたいに冷たくて手首が痛いんじゃ」

妻は言った。「行くの？　屁でもぶっぱなしてやってよ」

彼は言った。「李蟒のクソ野郎、八代前まで呪ってやる！」

李蟒は言った。「今夜おいで、かみさんが実家に帰ってるんだ」

妻は言った。「蟒兄さん、もういいことにして、あたし、あれなの」

李蟒は彼女を睨んで言った。「あれっ？　先月はいつだったかな？　おまえ、俺をごまかしたいのか、それとも金がほしいのか？」

彼は言った。「クソッタレ、絶対行くな、李蟒にわしをどうすることもできんはずじゃ」

妻は愕然《がくぜん》として、門のそばの石の上に、根を生やした木のようにしゃがみ込んでいる旦《だん》那《な》を見ていると、ふいに茶碗が旦那の手の上で少し震え、旦那の喉に青筋が虫のように這《は》いずっていた。こんなことは今までなく、いつも綿か泥のようだったが、今日は木というだけでなく、根を生やし芽を出した木で、血の通った生きた人間のようだった。

「何て言ったの？」

「何が何て？」

「行くなって？」

「行きたいんか？」

「豚じゃったら行きたいじゃろうし、ロバじゃったら行きたいじゃろうし、売女《ばいた》こそ行きたいじゃろうね」

「行きたくないんなら、行くな」

「李蟒が因縁つけてきたらどうするの？」

「そん時はそん時じゃ、まさか人を食べたりはせんじゃろ？」

その夜は結局行かず、また天がひっくり返るようなことも起きなかった。夜になると門や家の扉のかんぬきをしっかりかけて、棒や椅子《いす》をつっかえ棒にして、二人はベッドの端に座って何か起こるのを待っていた。足音が聞こえた後、門を蹴る音が聞こえ、またドンと響く音がして、誰か門を破って入ってくるかと思ったが、夜が明けるまで何の動きもなかった。何もなかったが、妻は一晩じゅうビクビクして座ったままで言った。あたしやっぱり行かなくちゃ、行かないと明日は絶対何か起こるわ。彼はまた言った。あいつに人が食えるか？　あんたは彼を知らないのよ。あいつがどれだけ強いっていうんじゃ。別に強くはないけど、あんたこの十数年、彼の目の前で大声で不満をぶちまけたことある？　確かに大きな声を出したことはありゃせんが、もし明日あいつがうちに顔を出したら、きぬたであいつの頭をかち割ってやる。妻は鼻をフンとならすと、暗い夜の中でしばらく黙りこんで、そっと言った。

「あんた、もしあんたが李蟒に唾《つば》を吐きかけることができたら、あんたも一人前の男じゃね」

彼は妻をじっと見たが、窓から入ってくる月明かりの下、彼女はぼんやり白い塊で、ベッドの端に畳んだ布団のようだった。布団を引っ張って寝た。彼はもう何も言わず、スヤスヤと眠ってしまった。鬼地で骨を拾う場面の夢をたくさん見た。朝起きると、妻が相変わらずベッドの端に座っていて、顔は一枚の紙のように蒼白だった。

「一晩じゅう眠らんかったのか？」

「今日はきっと何か起こるわ」

「恐がらんでいいよ、今日は鬼地の仕事には行かんよ」

「あたし昨日李蟒の相手をしに行くべきだったわ」

「おやきを作ってくれんか、俺は今日は力がいるけえ」

「あんた、あたしはあんたに申し訳ない、子供に申し訳ない、あたしがあんたをこんな風にしたんだわ」

「さあ、ネギ入りのおやきを作ってくれ、今日は力がいるんじゃけえ」

この時、門の外でワァーッという声が聞こえ、門を開けに行こうと思ったが、胸が少しドキドキして、李蟒が門の外に突然現れたらどうしようと心配になり、ベッドから降りて部屋の真ん中に立った。妻が私が開けに行くわと言って行きかけたとき、その話し声が両隣の人の声だったので、俺が行くと言った。そして家の扉を開けると、視線がドンと庭の門のところで固まった。つっかえ棒をしていた柳の木の門には、昨夜李蟒が石で壊した籠《かご》のような大きな穴があって、その折れた木の端からは、濃く白い乾いた柳の木の新しい匂いが撒《ま》き散らされ、その穴を貫いた茶碗くらいの大きさの丸い石が、門のこちら側に落ちていた。

石根子は門のところに呆然として立っていた。

尋問に来たのは初めて彼を尋問したあの裁判官で、痩《や》せて背が高く、顔には皺《しわ》がびっしりだった。尋問室は奥に深い部屋で、中には二十センチほどの高さの台が積み重ねてあって、学校の教壇のようだった。その尋問の裁判官が台の上に座ると、目の前は細長い机で、そばにいるのは記録係の書記だった。彼は裁判官をじっと見た。裁判官も彼を一目見て言った。座りなさい。尋問室の真ん中にポツンと置いてある高い椅子を指さした。高くて背もたれはなかったが、周囲に柵があり、前が空いている。罪人が入って座ると、一本の横木が胸の前で罪人を挟み、椅子に固定され、それでもう反抗できなくなった。

石根子は座った。

書記が横木を置いた。

裁判官が言った。「あなたに最後のチャンスを与える。私が質問し、あなたが答える。少しでも嘘を言ってはならない――よく考えて納得できたら答えなさい」

石根子は言った。「あいつの祖先を八代前まで呪ってやる、李蟒の奴、人をバカにするのにもほどがある、昨日の夜、李蟒は俺の家の門を壊したんだ、今回はがまんしてやったが、今度またこんなことがあったら、俺はきぬたであいつの頭をかち割ってやるんじゃ、そうせんかったら、俺は男じゃない、母さんが産んでくれた息子じゃない」

両隣の人も、村の男も女の半分も、驚き怪しんで彼を見た。まるで石根子の顔に突然瘤《こぶ》でもできたかのように。朝の太陽は、黄色く、氷った卵の黄身のようで、輝いてはいるものの、冷たくてたまらなかった。人の群れの中にいた犬は、家に暖まりに帰っていった。人の群れは石家の前で長居はせず、みんな散ってしまった。散る前に誰も石根子の話をつなごうとはしなかった。ただ村民組の組長が言い聞かせた。石根子、家に入って飯をつくって食べるんじゃ。昼までに木の箱を一つ探してくれんか、木箱がなけりゃ紙の箱でもえ、鬼地に残っている骨をまとめて入れて、遠くへ運んで捨てるんじゃ。

「組長、俺にはきぬたであいつの頭はかち割れんと思うとるんですか？」

「やっぱり埋めるのが一番じゃ」

「犬も追い詰められりゃ、壁を飛び越えるし、ウサギも追い詰められりゃ、嚙《か》みつきますが」

「埋めようと思うたら、木箱を探さんとな」

「クソッタレが、うちの門を壊してなんじゃっちゅうんじゃ！」

「こら、シャベルを担ぐんじゃ」

「木箱ならある。じゃが、うちの木箱をわやにはできん」

「ボロボロの木箱で、何をするつもりなんじゃ？」

「大工の王にうちの門を直しに来させてもらえますか？　門に大きな穴が残っとったら、わしゃ、どう村の連中に顔向けできるんじゃ？」

　組長はちょっと考えると、うなずいて帰っていった。日はもう高く昇っていて、村人たちは食事中で、御飯を食べたら鬼地に行って堀と堤防を造りに行くつもりだった。石根子がボロボロの木箱を探してきて、母屋の入口でしゃがんで御飯を食べているときだった。村の大通りにズンズン音が響いた。続いて、李蟒が石家の庭にドンと登場し、すっくと立つ。一メートル八十、軍用コートを羽織り、将軍のようだった。後ろに村人の一群を引き連れ、ほかにもまだ小さい男の子や女の子も引き連れていて、芝居の主役と一緒に芝居を見ているようだった。彼らは李蟒の周りを取り囲んでいた。李蟒は彼らの真ん中にいた。

石根子は茶碗を宙で止め、顔は白くなり両手は震えていた。李蟒は石根子を睨んで言った。

「石根子、聞いたんじゃが、わしがおまえの家の門の前に出ていったら、きぬたでわしの頭をかち割るっちゅうことらしいのう。わしゃ今、おまえの家の門の前におる。おまえの家の庭の中におる。きぬたで殴る？　できるもんならやってみぃ！」

石根子の額には冷汗が出ていた。

「やれるもんなら、やってみぃ！」

石根子はうなだれていった。

「きぬたはどこじゃ、どこに用意しとるんじゃ、見してみい」

石根子は震えで茶碗の中身をこぼしてしまい、茶碗を足の前に置いた。

「きぬたは？　用意しとったんじゃろう？」

石根子は手のひらをあごの下に置き、両手をぴったり貼り付けた。それでもう震えなくてすんだ。

「きぬたなんてないんじゃろが？　石根子、おまえにきぬたを用意してやろうか」

石根子はくっつけていた膝《ひざ》を少し離した。そうするとしゃがんでいても少し安定した。
七、八歳の子供が、突然窓の下を指さして叫んだ。「きぬたならあそこ、あそこにあるが？」すべての視線がサッと動いた。果たして石根子のそばの軒先、窓の下に、太く長い、細かい裂け目のあるきぬたが立てかけてあった。李蟒は視線を人びとの頭の上からそのきぬたに持っていき、それを見て笑って言った。「ほっほう、やっぱりほんまに準備しとったんじゃ、わしを叩きつぶそうって」

石根子の足の指は靴の中で力一杯底を掻《か》いていて、自分が地面から立ち上がるのを恐れているようだった。

「石根子、もしわしの目の前に唾を吐けたら千元やる。もしわしの目の前できぬたを振り上げれたら一万元やる。もしわしの頭をぶち割ったら、家を一軒建てたるが？」

石根子の額の汗は首まで流れていった。喉の青筋がドクンと動いた。あごを支えていた両手は拳《こぶし》になっていた。

「きぬたをわしの目の前に持ってきてみい」

子供が一人きぬたを取りに行って、彼のそばの壁に、まるでガラスの管のように、倒れないようにそろそろと置いた。

「石根子、やれるもんならやってみい！」

裁判官はきいた。「あの時、きぬたで人の命が失われるとは思わなかったのですか？」

石根子は裁判官の顔を見ていた。

「――思いました」

裁判官は石根子をじっと見た。

「――もし思わなかったのなら、思わなかったと言って下さい」

石根子は裁判官の口を見ていた。

「――思いました」

裁判官は石根子をじっと見ていた。

「――きぬたはあらかじめそこに準備していたのですか？　それとも、もともときぬたは軒下に置いていたのですか？」

石根子は裁判官が机の上に置いている手を見ていた。

「――あらかじめ準備してそこに置いていました」

裁判官は石根子の口を見ていた。

「――あなたの奥さんは、あのきぬたはふだんいつも軒下に置いていたと言っています。ふだんから置いていたのなら、置いていたと言って下さい」

石根子は書記が彼をチラッと見るのを見ていた。

「――ふだんから置いていました。でもあの日は朝起きて、わざわざそれを拾ってそこに立てかけました」

裁判官は眉根《まゆね》を寄せた。

「──そこに立てかけたのは、地面に転がっていると見栄《みば》えが悪いからですか？　それとも握って人を殴るのに便利だったからですか？」

石根子は喉を詰まらせた。

「──もちろん李蟒の頭をかち割るのにその方が便利だったからです」

裁判官は少し俯《うつむ》き、また顔を上げた。

「──李蟒があなたの家の庭に入ってきたとき凶器は持っていませんでしたか？　たとえば鎌とか、棍棒《こんぼう》とか。彼の頭を殴ったのは、自己防衛だったのですか？　それともきぬたで殴り殺そうと思ったのですか？」

石根子は下あごを突き出した。

「──彼は両手に何も持っていませんでした。私はきぬたで彼を叩き殺したかったのです」

裁判官はしばらく沈黙した。

「──本当にそうなのですか？」

石根子は少し大声で言った。

「──少しの嘘もありません。他の人にきいてもらってもかまいません」

裁判官は視線を彼の口元に持っていった。

「――あなたが最初に殴ったとき、彼は何と言いましたか?」

石根子は顔を輝かせた。

「――彼は頭をかかえて、目を剝《む》いて言いました。『石根子、おまえ、ほんとにわしを殴るんか?』と」

裁判官はちょっと咳《せき》をした。

「――あなたは何と言いましたか?」

石根子は視線を書記のペンに持っていった。

「――私はすぐに血が吹き出すと思っていたのですが、指の隙間《すきま》から出ているだけだったので、何も言わずに、また力一杯、二度殴りました」

裁判官はしばらく沈黙した。

「それから?」

石根子は尋問室の壁の隅の蜘蛛《くも》の巣をチラッと見た。

「――それから彼は穀物袋のようにバタリと倒れました」

裁判官は机の上に置いていた手を離した。

「その時、奥さんと子供さんはどこにいましたか?」

石根子は視線を戻した。

「――妻のことをおききですか？　男は男、女は女です。妻は口では強いことを言いますが、李蟒が本当に庭に入ってくると、驚いて子供を抱えて部屋の中で震え、ドアから出ることさえできませんでした。私が振り向いて中に向かって『出てきて見てくれ――李蟒を殴り殺したんじゃ！』と叫んでから、やっと彼女は出てきました」

裁判官はしばらく沈黙した――

「それから？」

石根子はちょっと考えた――

「それから私は走って村の通りに出て、村の人たちに向かって『みんな見に来てくれ、李蟒を殴り殺したんじゃ！　みんな見に来てくれ、李蟒の奴を殴り殺してやったんじゃ！』と三回叫びました」

裁判官と書記はお互い目を合わせ、書記はペンの蓋《ふた》を閉じた。裁判官がきいた。

「本当に死ぬのは恐くないのですか？」

石根子はフンと鼻を鳴らした。

「死ぬのが恐い、ですか？　死ぬのが恐くて男と言えますか？」

最後に、書記はすべての記録を彼に向かって読み上げてきいた。間違いはありませんか？　彼は少しも間違いはないと答えた。石根子は供述書に拇印《ぼいん》を押すとき、はっきり押せないといけないと思い、大きくなるように親指を強く押し付けたので、書記が押さえていた供述書が揺れるほどだった。

最後に、裁判官は石根子を監獄に戻させるとき、またついでに彼にきいた。「何か言っておきたいことはありませんか？」

「妻が会いに来たとき、ここの様子をちょっと説明してもらって、石根子は男だったと言ってもらえればそれでいいです」

書記はわけがわからないといった様子で彼を見ていた。

「彼女が信じてくれないいんじゃないかと気になるんですよ」

裁判官は彼に向かって承諾したかのようにうなずいた。

石根子の銃殺は冬が過ぎてからだった。春になると、耙耬山脈はどこもかしこも緑になって、土起こしをする者はみな、山の斜面に上がり始める。政府は法律の常識を普及させるために、石根子の故郷の耙耬山脈の河原で彼を銃殺することにした。その日は日の光があまねく照らし、山のような人だかりで、右隣の村からも左隣の村からも、男も女も年寄りも子供も集まってきたが、彼らがよく知っている軟弱な石根子は、彼らの目の前に突き出されたとき、頭を上げ、胸を張り、顔を輝かせ、銃声が響くまで少しも軟弱なところを見せなかった。

　銃殺の前に石根子の希望で、裁判官と書記はまた村を訪れ、石根子が獄中の尋問のときに何も恐れず気概を持っていたことを村人たちに説明した。村人たちはみな感心し驚いた。裁判官と書記が帰ってから村人たちは大会を開いて、石根子の妻の同意を得て、石根子を鬼地の堀のそばのあの青色の鎮守の石碑の下に埋めてやることにした。あの日、人びとの敬意と男の誇りを表すため、村の十八歳以上の男を組織して河原の死体を回収し、あらかじめ申し合わせて、石根子の死体の前で、石根子の家族以外の者は涙を流さないことにした。果たして銃声が響き、人びとが帰っていった後、血まみれの石根子の死体の前では、妻が青紫色の泣き声をあげるほかには、村人たちはみな黙っていた。死体が温かいうちにと、石根子の服を着替えさせるのに、妻は泣きながら彼の血まみれの服を脱がせていた。村民組の組長はなだめながら、みんなに棺《ひつぎ》を担ぎ埋葬するための指示を出していた。河原は一面きれいで、水はザアザア流れ、日の光は絹のように明るくすべすべ光っていた。村人たちの沈黙の中、石根子の妻の泣き叫ぶ声が、青々とした緑の草がでこぼこ道に沿っていくように、空中で遠くに向かって伸びていった。村人たちはみな、そんなに泣かないで、泣きすぎて体を壊しちゃだめだよとなだめたが、彼女は逆にさらに大声を上げて泣き叫び、額を河原の石にぶつけ、うちの人は政府に撃ち殺された、自分があの人を殺したんだとわめいた。それは石根子のシャツを脱がして黒い死装束を着せるまで続いた。石根子のズボンを脱がし、下着を脱がすとき、彼女の治まらなかった泣き声がふいに止んだ。ピンと張った縄がプツンと切れるようで、村人たちはみな驚き、どうしていいかわからなかった。

石根子の妻は両手を彼の両腿の間で止めていた。彼女が触るとそこは一面湿っていて、薄黄色の臭いがしていた。

村人がきいた。「どうしたんじゃ?」

「あたし、もう泣くのはやめる――この人はうちの旦那、男らしくしっかり堂々としてた。村のみんながこの人を尊敬してくれとるんじゃ、あたし村のみんなのために、この人を敬い、喜ばんと」

村民組の組長が言った。「そうじゃの、そうでないとな」

彼女はてきぱき石根子の下着を取り替え、死装束に着替えさせると、村人たちと一緒に彼を棺に収めた。棺は村に戻ってすぐに鬼地の堤防の前の鎮守の石碑の下に埋められた。さらに頼んでその石碑に茶碗大の大きい文字を刻んでもらった――男石根子。今では、もう何年にもなるが、この鬼地を通る男たちも女たちも、みなその石碑の前でしばらく立って、黙り込む。深々と腰を曲げてお辞儀をする者もいる。清明節のときにはそこは一面白い花で一杯になる。一面、果てしなく真っ白だ。

奴《ど》児《じ》

雪だ。ひらひらふわふわと雪花が舞う。

厳しい寒さで、空気の流れは止まり、固まり、空気は氷の糸のようだった。歩いていると、その氷の糸にぶつかって氷が割れパリパリ音を立てるのが聞こえた。もろく、また纖《せん》細《さい》で、雪の花びらが裂ける音にそっくりだった。

　村人たちはみな、畑から家に戻っていった。小麦の畑を鋤《す》いたものは鋤《すき》を担ぎ、冬の肥料を撒《ま》いたものは籠《かご》か肥《こえ》たごを担いでいた。山の上の荒れ地に手を入れに行った者は、もともと牛を追っていたが、新しい犂《すき》を担ぎ、一冬で二畝《ムー》（一畝は六・六六七アール）の荒れ地を耕してサンザシを植えれば、翌年実が生《な》って、どれくらいの収入になるかソロバンをはじいていた。しかしこの雪に出くわして、新しい犂を放り出し、牛を追って家に帰っていった。山脈はすこぶる静かで、雪が落ちる音だけが残され、サラサラサラサラ、空一杯に羽毛が舞い上がるように空中に音を響かせた。

　奴児《どじ》は村には戻らず、雪の田んぼで冬草を刈っていた。村人たちはみな日々忙しく走り回り、新しく建った瓦屋根の家や高い家はキノコのようにニョキニョキ増え、村じゅう新しい煉瓦《れんが》や瓦の硫黄《いおう》の臭いで一杯だった。彼女はこの鼻を突く汚らしい硫黄の臭いが嫌いだった。冬小麦に撒く肥の方がいい匂いだった。肥の中には枯れ草のような匂いがあって、小麦の苗の青くみずみずしい匂いもあった。しかし硫黄の臭いは硫黄の臭いでしかなく、ほかには何の匂いもしなかった。奴児は冬の枯れ草の匂いが好きだった。日に照らされると、冬の枯れ草の匂いは暖かく、お日様の下で香るときは、少し明るく灰色がかって、蒸気が山の斜面をゆっくり流れていくようだった。曇りのとき、冬草は湿り気を帯びてじっとりしていて、色は暗い灰色で、霧のようだ。山の斜面にどっしりとどまり、流れていかず、まるでそこに置いてあるようで、重苦しくねっとりして、足でも蹴散《けち》らせないし、鎌でも断ち切れなかったが、でも奴児はその香りを嗅《か》いでいると、喉《のど》が渇いているときに水の匂いを嗅いでいるような気持ちになるのだった。

　奴児はこの冬草の匂いが大好きだった。この匂いと一緒にこの世に来たかのようだった。学校に上がるのも、勉強するのも、知識を得るのも後回しのようで、学校を途中で止めて家に戻ると、冬草を刈ってお金を稼ぎ牛に餌《えさ》をやるようになった。父さんは動けなくなった。荷物を担いでいるときに腰が木の枝のように折れ、ほとんど寝たきりになってしまった。妹はまだ小さくて、やっと八歳になったばかり。母さんは、畑を耕し、洗濯し、御飯をつくり、父さんの面倒を見ているうちに、もともと水も滴るようだったのが、数年のうちに疲れて枯れてしまい、髪の毛にも白いものが混じるようになってしまった。幸い、奴児は大きくて、十二歳、物心はついていた。幸い、遠縁のおじさんの柳森の家が牛を飼っていて、牛は十数頭いた。毎年冬には干し草が足らなかったので、奴児が草を刈っておじさんの家に持っていき、小さな牛が大きく育って市で売れたら、うまいこと奴児は干し草のお金を手にすることができたのだ。

　おじさんは小さな牛を育て、大きくなった牛を売り、生活はだんだん豊かになっていった。

　奴児は草刈りのお金で家計を助けた。奴児の母さんは柳森の家の氏族だったので、柳森のおじさんは、奴児の刈った草だけ引き取って、ほかの家の子供には草刈りに行かせなかった。草刈り、餌やり、駄賃、これが奴児の授業で学業だった。冬草は軽く、竹籠一杯に詰めこんでも二十数斤（一斤は五百グラム）だったので、奴児は自分に午前で一籠、午後で一籠、毎日全部で籠二つ分、五十斤刈るという仕事を課した。学校の試験みたいに、彼女は一斤を二点として、五十斤だと百点、四十斤だと八十点、五十斤以上だったら、試験に追加問題があるのと同じ、百点ちょっとを取ることになる。学校で勉強していたとき、奴児は一番よくできる生徒ではなく、試験はいつも八十点か九十点で、満点はほとんどなかった。しかし今、奴児は一番よくできる生徒になって、毎日五十斤の冬草を刈って毎日満点だっただけでなく、満点以上のこともあった。満点か満点以上だったときにはいつも、村の裏の木の洞《うろ》に小石を入れ、満点に達しなかったときには別の木の洞に瓦のかけらを入れた。今、冬がちょうど半分過ぎ、小石を入れた木の洞は一杯になり、瓦のかけらを入れた木の洞はまだ底が見えていた。

雪はどんどんひどくなって、山も野原も一面真っ白になり、世の中すべてが目に突き刺さるような白一色、ほかに色はないかのようだった。冬の枯れ草の匂いも全部白になってしまったみたいだった。山には誰一人おらず、道端のエンジュも、枝にも木の股にもふんわりと白い色が掛かっていた。山の斜面も、畑も、あっという間に白雪で覆われて、どこが畑でどこがあぜ道かもわからなくなった。山の冬の枯れ草には、雪の中でしっかりと持ちこたえているものもあれば、奴児の父さんのように腰が曲がり、地面に倒れているものもあった。冬草の匂いは、昨日はまだ暖かい香りで、灰色がかった黄色がかった色になって、彼女の鎌の刃先から漂い出て、イナゴか蝶々《ちょうちょう》が山の斜面を跳び跳ね、舞っているかのようだった。しかし、今日、雪が降るやあっという間に重々しくなり、地面に隠れて飛び上がれなくなり、羽の濡《ぬ》れたトンボのように、ただ地面で羽をばたつかせているだけだった。

雪はますますひどくなっていった。奴児はもう山の斜面で草を刈るのはやめた。彼女は斜面を一番下まで降りて、風と雪の来ない谷間の崖《がけ》の下で草を刈った。山の斜面の枯れ草は雪の中で雪と同じように白いだけでなく、雪でぐっしょり湿り、茎が柔らかく弾力が出て、鎌で切ろうとしても革紐《ひも》を切るようで、二倍の力がいった。さらに冬の枯れ草の匂いにはいつものような暖かさはなく、冷たく薄く、透き通った水が目の前を流れているみたいで、這《は》いつくばって顔を地面に近づけないと、その灰色がかった黄色がかった草の匂いを嗅ぐことはできなかった。しかしこの崖の下までやってくると、切り立った崖が雪が入ってくるのを防ぎ、草は少し湿ってはいるもののやはり枯れ草で、足で蹴るとカサカサ音を立てた。鎌で刈ると、草の香りが泉のように吹き出てきた。新しい枯れ草の匂いは濃い灰色で、出てくるときは糸のようだった。古い枯れ草の匂いは雲の白で、出てくるときは広く長くしっかりしていて、新麦の小麦粉で延ばした麵《めん》のようだった。エノコログサの匂いは淡い青色で、出てくるときはまとまっていることもあれば、糸のようにグルグルに絡まって地面を転がる玉のようなこともあった。奴児は木や草を目で見るのと同じように、草の匂いを鼻で見ることができた。草の匂いが見えると、彼女の鼻はヒクヒク動いた。それは他の人には見えず、彼女にしか感じ取ることができないもので、冬に手を握りしめると、手のひらの湿り気が、曇りのときの湿り気なのか、晴れる前の霧の湿り気なのか彼女にはわかるのと同じだった。

全部の草の香りの中で、奴児が大、大、大好きなのはテンニンギクの真っ赤な香りだった。山の斜面で細い糸のような深紅の菊の香りがしたので、彼女は竹籠を持って斜面の上から谷底に降りてきたのだ。ぐるぐる大きく遠回りしながら降りていった。この谷は以前来たことがあるようなないような感じで、よく知っているような見知らぬような感じだった。竹籠を崖のそばの風や雪を避けられるところに置いて、崖のそばから谷を見渡してみると、深くて底の見えない一本の白い道を見つけた。その道の入口は、風が斜めから横殴りに吹き出していて、雪が白い砂粒のように彼女の顔を打ち、麦打ち場で宙に放り上げた麦の粒のようで、その中に深紅の香りが挟まっていた。奴児にはその赤色が湿り気を帯びた枯れ草の匂いなのが見え、それは濃かったり薄かったり、見えたり見えなかったり、赤いお日様の中の雲のように見えたり、宙に散った風のように見えなくなったりだったが、時折香る匂いをしっかりつかめば、香りは見えなくても、細い桃色の菊の匂いを嗅ぐことができ、それは宙で隠れたり見えたり、行ったり来たりで、奴児とかくれんぼをしているように出たり消えたりした。

でも奴児はついには、やはり鼻で桃色の菊の枯れ草の匂いを捕らえた。彼女は竹籠をそこに置くと、すぐにその匂いを捕らえた。もともとその匂いは風に煽《あお》られたもので、雪で地面に押さえつけられていたのだ。彼女がその匂いを捕らえることができたのは、すでに経験があったからで、捕らえられなかったときにはいつも、風の通り道に立つか、高いところを見つけてそこに立った。しかし、今日は、その風の通り道では菊の匂いは探し当てられなかった。最後に、彼女は谷の入口で腰をかがめて顔を地面に近づけ、雪が自分の背中、首の後ろ、突き上げた青い花柄のズボンを穿《は》いたお尻の上に落ちるようにし、静かにしばらく耳を澄まし、しばらく見て、冷たく赤くなった鼻先を手で動かすと、真っ赤な枯れた菊の匂いがしたのだ。枯れた菊の匂いは雪の水蒸気で薄められ、薄く細い霧の糸のようになっていて、地面で彼女の足首のところを流れて逃げていっていたのだ。

今、その匂いを捕まえ、彼女は腰をかがめ、霧のような枯れた菊の香りに沿って、谷に向かって歩いていった。

本当に、言いようがないほど不思議なことだった。柳森の家の十数頭の牛の中で、ただ一頭、黄金という名前の牛が枯れた菊の草が一番好きだった。黄金は奴児が一番小さかった牛に付けた名前で、父さんと母さんが彼女を産んだときに名前を奴児にしようと言って、奴児という名前になったのと同じだった。奴児がその牛を見るや、黄金という名前にしたいと思ったので、黄金という名前になったのだ。黄金は一歳になる前に、体の毛がすべて黄金色になり、一本一本がしっかりしていた。黄金色は黄金色だったが、ただ鼻の周りだけは純白で、雪のようで、そのため、黄金色はますます黄金色に、白色はますます真っ白に映え、この小さな牛の黄金を、ますます元気ハツラツ、愛嬌《あいきょう》たっぷりにし、ちょうど舞台で鼻を白く塗った善良で可愛い道化役のようだった。奴児は黄金が大好きで、まるで弟のようだった。旧暦十月一日は死者を祀《まつ》る日で、大人たちは子供の魂が幽霊に出会わないように、子供の腰や首に大きな赤い布を巻きつけ、布には小さな桃の木を描くか、絵を描けなければ、ただ桃という字を一文字書いた。この日、母さんは桃の木を描いた赤い布を奴児の腰に巻いたのだが、奴児はこっそりその布をほぐして、こっそり一本の赤い糸を、黄金の首に巻きつけた。奴児には弟がいなかったので、おじさんの家の黄金を自分の本当の弟にしたのだ。毎日草を持っていくときも、いつもおじさんの柳森が重さを量るところは見もしないで、草籠を牛舎の前に置くと、すぐに中に入って黄金を撫《な》でてやった。おじさんはあっちで草の重さを量り、彼女はこっちで牛の背を撫で、鼻先を撫で、牛の体に付いた草を払ってやり、牛の顔に付いた砂粒を取ってやるのだった。彼女が黄金の鼻を撫でてやったとき、黄金はブルッと身を震わせるとくしゃみをし、彼女の顔中体中に鼻水を吹きかけたので、彼女は怒ったふりをして黄金に言った。うわっ、ばっちい、またやったら殺すよ。そう言いながら彼女は手を振り上げ、驚いた黄金は目を閉じて、顔を横に向けた。しかし、奴児は結局手を振り下ろすことはなく、手で自分の顔をぬぐい、舌で口の周りの鼻水を舐《な》め取ると、お腹《なか》に呑み込んだ。黄金の鼻水は人の汗のような匂いがして、ちょっとしょっぱくて、でも塩味の中にはうっすらあったかい草の匂いがした。奴児はその匂いを嗅ぐといつも、酒好きの大人たちのような様子になって、何日も何年もお酒が飲めずやっとおいしいお酒を飲んだように、少しぼんやりして酔っ払っているみたいになり、お酒を飲んだ大人の様子を想像して目を閉じて、その匂いをじっくり楽しもうとするのだった。しかしそうもしてはいられない。奴児は子供で、黄金の鼻水はお酒ではない。それに一番大切なのは、いつも手を上げて顔を触ろうとするときに、黄金が顔を横に向けるのは、奴児が叩《たた》くのを待っているのではなく、さすってくれるのを、額を撫で揉んでくれるのを待っているということだ。黄金を待たせるわけにはいかないのだ。待たせすぎると黄金は悲しみ、がっかりして、頭か口を奴児の体にぶつけ、押しのけ、奴児に額を撫でさせず、かゆいところを掻《か》かせず、草も食べようとしなくなるのだった。

いい草でも食べようとしなくなるのだ。

枯れ草に緑豆や大豆を混ぜても食べようとせず、奴児が行って頭や体を撫でたり揉んだりしてやり、しっかり話しかけてやるまではだめなのだ。

黄金は彼女を自分のお姉さんだと思っていた。奴児は黄金を自分の弟だと思っていた。このことにはおじさんの柳森も早くから気づいていた。ある日、奴児が黄金と仲むつまじくしているとき、柳森おじさんは、奴児の草の重さを量り終わってから、奴児のところまで行くと頭を撫でながら言った。奴児は黄金が好きだから、黄金はおまえにやろう。奴児には柳森おじさんが冗談を言っているとわかっていた。だって子牛を立派に育て、歯がきっちり生えそろったら、少なくとも八百元《ユエン》で売れるのだ。奴児が一冬草を刈っても二、三百になるかどうかもわからなかった。奴児はもちろんおじさんが自分に黄金をゆずってくれるとは信じなかった。言うまでもなくおじさんとの血のつながりは遠かったし、おじさんが親戚の娘に牛を譲っているところなど見たことがなかった。おじさんは彼女の頭を自分の娘であるかのように撫でた。奴児はそれでもう十分感激していたので、牛がほしいなんて言い出せなかった。おじさんは話が終わり、彼女の頭を撫で終わると、五十いくつと数字を言って牛舎の壁の隙間《すきま》から彼の子供が使っていたノートと鉛筆を取り出し、さっき言った数字をそのノートの裏に書き、沈んでいく太陽を見ながら言った。奴児、お帰り、もう晩御飯だよ。そう言っておじさんは行きかけたが、門のところで何か思い出して、ついでのように振り返って言った。奴児、黄金は菊が好きじゃから、菊を見つけたら黄金のために多めに刈ってやってくれ。

それからというもの、奴児は草刈りで菊を多めに刈ることを決して忘れなかった。それからというもの、奴児は菊の真っ赤な草の香りを嗅ぐのが好きになった。

菊の枯れ草の香りに糸が引っ張られるように引き寄せられ、奴児は谷の中へと歩いていった。谷は白い瓢簞《ひょうたん》のようで、大きくふくらんでいる方はすっかり厚い雪に覆われていた。雪はもう足が埋まるほどだった。雪の中を行くと、舞い飛ぶ雪がすぐに彼女の足跡を埋めていった。奴児は歩きながら、たびたび腰をかがめて雪の表面を嗅ぎ、途切れ途切れの真っ赤な菊の匂いを見失わないようにした。彼女が谷の中程に来たとき、突然一陣の風が吹いてきて、暖かく濃厚な菊の香りがした。その香りは赤の中に赤みがかった橙色が混じっていて、麦畑の麦の香りのように谷の中を漂い、強烈に彼女の鼻を突き、彼女の鼻は菊の香りで痺《しび》れてしまった。この谷の中でこんなに濃い菊の香りがするなんて信じられなかった。しかもこんな雪の日に。日が燦々《さんさん》と照る日でも、一冬草刈りしても、こんな濃厚な菊の香りを嗅ぐことは何度もなかった。彼女はその菊の香りの中に立ち止まった。雪はひとひらひとひら彼女の顔や首筋に落ち、すぐに融《と》けて水になり、氷のような刺すような冷たさが彼女の胸元に流れ落ちていった。手もすっかり冷たくなっていて、鎌を握り籠を提げていても、握っている感覚も提げている感覚もなかった。しかし菊の香りは濃厚でまた強烈で、舞う雪にあわせて彼女の顔や体、彼女の周りをぐるっと取り囲んだ。この菊の香りがいつものと違うのは、あんなに暖かくて濃いのではなく、少し冷たく、さらに湿って純粋なところだった。水で洗ったかのようで、雑味がなく、ただ菊の香りだけが残っていた。

　奴児はこれまでこんなに純粋な菊の香りを嗅いだことはなかった。彼女は雪風に向かって、菊の香りを迎えながら谷の奥へと走っていき、ぶら提げている籠は腰のところで跳び跳ね、さっき山の上で刈った籠半分の草は、雪の上に草花をまき散らすように全部籠から落ちてしまっていた。彼女はそんなことにはおかまいなしで、ただその菊の香りに向かって走っていくと、谷の大きな膨らみの西側の東向きの崖の下で手前に崩れた赤い石がダムのようになっていて、雨の洪水を押しとどめ、ダムの向こうは大きな平地になっていた。平地には野菊が一杯に咲いていた。春にこの野菊がどうなっているのか、九月の秋にはどんな風に咲いているのか奴児には知るよしもなかったが、目の前に野菊が一杯に咲いている景色を見て、チリンと立ち止まった。野菊が一杯の景色に驚かされて、どうしていいかわからなかったのだ。平地は、幅一丈（一丈は約三・三メートル）、十数丈の長さで、帯のように崖の下に沿っていた。その帯に野菊が一本一本ひしめき合い、帯は菊の園になっていて、まるで最上級の畑に種蒔《たねま》き機《き》を使わずに手で適当に種を蒔き散らし、そして小麦が気が変になったように成長し、生い茂り、豊作なのに、肝心の主人がここに刈り入れに来るのを忘れてしまっているかのようだった。灰色の野菊はどれも五尺ほどの高さで宙に向かって生い茂り、枯れた葉っぱは根元に落ち、落ちていないものは枝の上で丸まって干涸《ひから》びていた。枯れていて、雪が降っているので、今はどれもじっとりしていて、黒いような褐色で、頭は垂れ下がり果実のようだった。違う、果実は葉っぱじゃない、野菊の果実は当然野菊の花だ。野菊の花は咲くと黄色く艶《あで》やかで、ほんのり赤みを帯びて美しく、十七、八歳の娘がよくおしゃべりしよく笑い、天衣無縫《てんいむほう》で人を惹《ひ》きつけるかのようだ。しかし今、それは十七、八歳の村娘ではなく、中年以上のおばさんで、美しさ艶やかさは抜け落ち、枯れて衰え地面に落ちて腐っているはずだった。しかし、ここの野菊は風が当たらず南向きで土が肥ているので、みな落ちずに残っていた。まだ黄色や赤が残っていて雪で湿っているので、水分を吸って、黄色にはほんの少し枯れた白や黒があったが、まだ艶やかさがあり、果実が熟し切った美しさがあった。縮こまってはいて、茎の上で少し垂れてはいたが、縮み垂れているからこそ、若いときの色を帯び、それは村や大通りの女性たちが、年は取り、若さや美しさでは張り合わなくなったものの、雨風をしのいで成熟したところを見せ、人生のすべてを経験し、そのすべてを知っていることを見せているようだった。その一面の菊の前に立って、垂れ下がって落ちそうで落ちない葉っぱ、その枯れた白の中で依然黄色と赤を残したしっとりした菊の花、そして風に吹かれて地上に積もった雪を見ていると、特大の白い絹の布に一面冬の菊を刺繡《ししゅう》しているようだった。指ほどの太さの菊の茎や枝が発している硬い紫色の枯れた菊の匂いを嗅ぎ、菊の葉の匂いが一枚一枚、すべてかびて枯れた色で、そのかびて枯れた奥深くには、濃い青色の香りがあるのを嗅いだ。しっとりした菊の花の香りは、ひとつひとつまとまって風のなか宙を舞い、羊の群れか、雀の群れ、蝶の群れのようで、山の斜面を駆け巡り、中空を舞い飛び、上がったり落ちたり風に乗って舞い、雪とぶつかり、トントンぶつかり寒く白い湿った香りの音を立て、菊の根元から駆け出し、彼女の鼻先、耳、唇、顔面にまとわりつき、雪に挟まれて谷の奥へと渦を巻いていった。

奴児は全身凍りついていた。

奴児はその凍りついた体の中を、熱いものがドクドク流れるのを感じた。

奴児は、黄金がこんなに運がいいとは思いもしなかった。ちょうど風邪をひいたばっかりで、熱が出て食欲がなく、くしゃみばかりで、豆だけの餌でも食べようとしなかった。奴児は黄金に菊を食べさせてやらなくてはと思っていたところだった。それが菊のことを考えたかと思ったら、一面菊に覆われたこの谷が出てきたのだ。この一面の菊は、母さんがいつも寝たきりの父さんのために鶏のスープや赤ナツメを用意しておいて、父さんが食べたがらないときに赤ナツメ入りの鶏の白湯スープを作ってあげるように、黄金のために育ち、黄金の病気のために準備されたようだった。奴児は黄金のために草を刈り始めた。彼女は籠の枯れ草を全部雪の地面に放り出し、籠を崖の下に置くと、平地の帯の端っこから野菊を刈っていった。彼女には黄金がどうして菊が一番好きなのかわからなかった。菊を食べるときにはほかの餌よりもおいしそうに食べ、冬草や麦わらをやるときにはいつも、菊を押し切りで細かくしたのを混ぜるだけで、ほかの牛が豆の飼料や柔らかい草を食べるように食べるのだった。

鎌は普通の麦刈り用のもので、三日月型で、鎌の背は分厚く鉄の黒色と草の青色だが、刃の方は白く輝いていて鋭い切れ味だった。奴児の草刈りが楽になるように、父さんがいつも腰が痛いのをこらえベッドから降り、壁伝いに庭のナツメの木のところまで行き彼女のために鎌を研いでくれる。奴児の草刈りがスムーズにいくように鎌の柄まで取り替え、硬いナツメの柄から柔らかく滑らかな柳の柄にしてくれていた。奴児が鎌で草を刈るのは、母さんが針で靴を縫うのと同じようだった。奴児の母さんは日中に一足分の布靴の底を縫い、夜には一足分の布靴の残りの部分を縫うことができた。一日に一足作り、月末には街に持っていって、革靴に慣れた街の人に売り、合計すると毎月奴児の刈る草から得るお金よりも数元多く稼いだ。奴児はもっと草を刈って、母さんよりもたくさん稼ごうと決心したが、学校に通っていたときに、心の中で密《ひそ》かに好きだった男の子よりも毎回試験でいい点数を取るんだと決心したものの、結局いつもその男の子よりも点数が低かったのと同じだった。おじさんは月末にお金はくれなかったが、子供のノートに草の重さを金額に換算して書き留めていて、奴児はおじさんから金額を知らされると、彼女の草刈り賃が母さんの靴のお金より数元少ないと知るのだった。

奴児は男の子と点数の善し悪しを比べるのは止めた。負けを認め、その男の子を尊敬するようになった。

そして今、奴児は母さんとも稼ぎの多い少ないを比べるのを止めた。先はまだ長い、母さんは母さん、いずれ年を取る、でも自分はまだ若い、いつか母さんを超える日が来る。最も大切なのは奴児が草刈りの稼ぎを母さんの稼ぎと比べることを止めたことだ。奴児は牛を飼いたかったのだ。一年に一頭の牛を育て、それを売れば彼女と母さん二人が一年に稼ぐお金よりも多くなる。奴児はもうすでに根本的に家の状況を変えようと計画していたのだ。おじさんは黄金を自分に売ってくれると言った。もしそれがうまくいけば、と奴児は考えた。お金をかき集めて黄金を自分の家に連れて帰って飼うこともできるじゃないの。

奴児は黄金を買うことに決めた。牛を育てて安定した生活を送るにはまず黄金を手に入れることだ。母さんはずっと本家の弟である柳森のところに奴児の草刈りが毎月どれくらいになっているのか、一年でいくらになっているのか聞きに行ったことはないが、奴児は母さんに、絶対おじさんのところに草刈りのお金を受け取りに行かないで、草刈りのお金はあそこに置いておきたい、おじさんが牛を売るときに、黄金を引っ張ってうちに連れて帰るからと言った。しかし今、黄金は病気になり、奴児は黄金に菊を多めに刈って、十分に食べさせなくてはならない。しっかり食べれば、風邪もちょっとがんばればすぐに逃げていく。人だって熱を出して風邪を追い払うんだから、牛にだってできるはずだ。一番大切なのは、食べること、食べなければがんばることもできない、お腹一杯食べてこそ力が出てやり過ごすこともできるのだ。この籠一杯の野菊を刈り取って担いで帰って、太い菊の茎はほかの大きな牛にやって、花の付いている細い枝を黄金にあげれば、黄金は間違いなく父さんが母さんの赤ナツメの鶏の白湯スープを飲むように、おじさんがいつも鎮《ちん》に行ったときに牛のホルモンスープを飲むように、おいしそうに食べるはずだ。何が熱が出ただ、食欲がないだ、なんだかんだ言って黄金は食いしん坊なのだ。黄金はこの半月餌の草の中に菊を見つけていなかった。

奴児が草を刈る様子は大人とまったく同じで姿勢が決まっていて、腰を曲げて背中は水平にしている。雪が彼女の背中に落ちると、一枚の狭い平らな板の上に落ちるようだった。しかし菊を刈るには麦を刈るよりも力がいって、麦の茎はもろいが、菊の茎は乾いて硬く、鎌の刃を地面と斜め四十五度の角度にすると労力を節約できた。雪で菊の茎は湿り、乾いているのに湿っていて弾力があり、一本の野菊を刈るのに何度も力を入れなくてはならなかった。幸いここの野菊は密集しているので、麦を刈るのと同じように一鎌一鎌続けて刈ればよく、山の上で豆をついばむ雀のように、こっちで一本刈ったら次はどこにあるかわからないということはなかった。左手で野菊をつかみ、右手で一鎌一鎌力を入れて刈っていると、ちょっとやっただけで寒さは感じなくなり、額には汗が吹き出した。胸や背中や手のひらに汗が流れる頃には、野菊は一面刈り倒され、一山一山彼女の後ろに並んでいて、すべて根っこは崖の方に、枝先は谷の中央に向かって揃っていた。麦打ち場で大人が麦を宙に放り上げるときには、小麦の落ちる音がパサパサ響く。雪が菊の上に落ちると濃厚な菊の香りが麦打ち場の麦の匂いと同じように強烈だった。赤く紫色をした雲のような菊の香りが、刈り取った菊の切り口から泉が砂地から湧きあがるようにブアッと吹き出し、雪の中に舞い上がり渦を巻く。麻花《マーホア》（ねじった揚げパン。朝食によく食べる）のような形にまとまると鼻先にまとわりついて、広がっていこうとしない。次の新しい匂いが勢いよく昇ってくると、古い匂いは麻花の形を維持できなくなって散り散りになり、細い糸になって繋《つな》がったまま雪の中に漂っていき、風と一緒に舞い、谷の出口の方に飛んでいった。

奴児はその香りに酔っていた。腰を伸ばすとき、必ず真っ赤な菊の香りを何度か吸い込み、その鼻を突き刺す香りで痺れ、吸い込んだ香りでお腹を膨らませてから、また腰をかがめて新しい菊を刈る。しかし、この一面の菊の園に出くわして、大きな竹籠でもいくらも菊を入れられないことに気がついた。彼女は刈り取った菊を籠に入れ始めた。手で押さえ、足で踏みつけ、ちょっとした隙間にも菊の枝を詰めこみ、隙間さえあれば根っこの部分を詰めこみ、菊の枝を外にはみ出させるようにしたが、それでも刈った四つの山のうち、三つを入れることができるだけだった。

それだけしかできなかった。

それ以上入れても奴児には籠を担ぐことはできなかった。

鎌を籠に差し込み、両手で籠をつかんで持ち上げ崖に押し付け、崖の壁を借りて体の向きをくるっと変えて籠を背負い、ドンと足を踏ん張ると、籠は彼女の肩の上に乗った。もう行かないわけにはいかなかった。雪はもう足首まで覆っていた。奴児は最後に竹籠を背負ったままその野菊の園を見て、口元に笑いを浮かべ、ブツブツつぶやいた。黄金はほんとに口福だわ、奴児は鼻福だけどね。それから谷の出口へと歩いていった。

家に帰るのには別に苦労はなかった。毎日山に草刈りに来るときの道はすべて雪で覆われていたが、よく知った道だったので、迷うことも道がわからなくなることもなかった。谷底から坂道を上り、尾根をつたって村に戻った。途中何度か休んだが、入口に着いたときには村は白く明るくて、それは雪が輝いているからなのか、今日は早く戻ってきて空がまだ明るいからなのかわからなかった。村はとても静かで、家々はみんな門を閉めて、村の通りには鶏も鴨も猫も犬もいなくて、人も家畜もみんな雪から逃げて隠れてしまっていた。奴児は竹籠一杯の野菊を背負い、野菊の上には雪が一杯に積もっていて、何か小さなものが雪山を背負って移動しているようだった。村の入口のエンジュの木の下まで来たとき、彼女はとっくの昔に使われなくなってうち捨てられている粉碾《こなひ》きローラーの上に籠を置くと腰を伸ばし、汗を拭き、ほおーっと長いため息をついた。周りには人っ子一人いないのははっきりわかっていたが、また周りをちょっと見てみてから、ローラーの下からもともと木の洞にこっそり入れようとそこに準備して置いておいた大きくて光る丸い石を探した。村は静かで、今日は彼女は木の洞の前にしゃがんで、洞の中の石を撫でた。洞の中の石は硬く冷たく、すべすべと光っていたが、奴児はその石に暖かみを感じた。ざっと計算してみると、春まで草刈りすれば、この洞は石で一杯になる。その時、おじさんに草刈りのお金をしっかり計算してもらって、母さんが市に行くたびに売る靴のお金も合わせれば、黄金を連れて家に帰れるだろうと思った。もしお金が足りなくても、おじさんは黄金を連れて帰っていいと言うだろう、おじさんはおじさんなのだから。おじさんは奴児を助けるため、奴児にだけ草刈りさせて、村のほかの家には草刈りをさせなかったのだから。

奴児が洞の前で石を撫でていると、冷たく暖かい野菊の匂いが、一筋また一筋と流れてきた。奴児が思いっきり吸い込むと、野菊が人に撫でられて出す乾いて白いザラザラという音まで聞こえた。彼女が腰を伸ばし、頭を上げて、視線をエンジュの木から向こうに移すと、誰かが木の向こうのローラーのところに立っていて、籠の菊に触っていた。街の通りで、野菜を買う人が野菜の善し悪しを値踏みしているかのようだった。彼が触ると菊の上に積もった雪が落ち、軒先から落ちたような音を立てた。奴児には誰だかはっきりわからなかったが、その人は麦わら帽をかぶっていて、その麦わら帽には雪が一杯積もり、白い雪山が飛び出しているようで、彼の顔は麦わら帽の下に押し隠されてしまっていた。奴児はその人に向かって菊に向かって近づいていった。近くまで行ったとき、奴児は突然全身がブルブル震えだし、心臓をギュッと握られたようになった。その人は手に縄を持っていて、その縄は牛をつないでおくためのものだった。

奴児は近づいていった。

その人が振り向くと、はたして奴児のおじさんだった。

奴児は「おじさん」と叫んだ。その声は雪の中を舞い飛んだ。

おじさんは奴児を眺め、彼女が目の前に来るまで待って、彼女の頭に手を置くと撫でて、頭や肩の上の雪を払って言った。奴児、これからはもう黄金のために菊を刈ってやらんでもええ、わしは黄金が牛瘟《ぎゅうおん》（牛疫ウイルスの感染を原因とする偶蹄類の感染症）になったんじゃないかと思うて、鎮で売ってしもうたんじゃ。

おじさんの声はあまり大きくなかったが、奴児はそれを聞いて、急に全身が冷たくなったように感じて、全身震えそうになった。彼女はぼんやりおじさんの顔を見ながらきいた。黄金をどこに売っちゃったの？　おじさんは、鎮の牛のホルモンスープの馬さんのところに売ったと言った。馬さんはええ人じゃ。思ったより高《たこ》う買《こ》うてくれた。奴児、明日母さんをうちに寄越してくれんか、おまえのこの二か月の草刈りの代金を精算するけえ。もうすぐ年越しじゃ。母さんにきれいな服でも買《こ》うてもらえ。おじさんはそう話しているとき、雪で濡れて汗が流れている頭を整えていた。奴児はしばらくぼんやりしていたが、おじさんの手から抜け出すと、おじさんも竹籠も、鎌も、菊も、エンジュの木も、ローラーもほったらかして、雪の中へ向かっていった。おじさんは彼女の背中に向かって叫んだ。奴児……奴児や、こんなにひどい雪じゃ、どこへ行くんじゃ？　早く家にお帰り。

奴児は菊の匂いが雪の中に消えるように行ってしまった。

おじさんは、まったくあの子はとブツブツ言いながら、牛の餌にしようと奴児が刈ってきた竹籠一杯の野菊を背負って家に帰った。夜になって、奴児の母さんは奴児がまだ家に戻ってこないので、八歳の妹の手を引っ張って村の入口に立ち、大きな声で奴児の名前を呼んだ。おじさんは門から出てきて山の上から奴児の名前を呼んだ。村人たちもみんな出てきて山の斜面や尾根の道で、真っ赤な大声を張り上げて叫んだ。奴児……奴児ちゃん……奴児ちゃんや……どこへ行ったんじゃ？　奴児？

村人たちは一晩じゅう叫びながら奴児を探したが、奴児の影も形も見つからなかった。しかし奴児の父さん、奴児の母さん、奴児のおじさん、村じゅうの村人たちはみな牛が咬《か》む菊の真っ赤な匂いを嗅いだ。谷から野原へとゆっくり流れていく麻花のようにまとまった野菊の香りを嗅いだ。

柳郷長

郷長なんじゃが、困ったお方でのう、新しく来た県委員会書記に、郷の仕事について報告しに県に行くと決まっておったのに、しかししかし途中まで行ったところで、突如急先鋒に立ち、とって返すとこう言った。全郷人民のためじゃ、県委員会書記に会いに行く仕事をほったらかしにするわけにはいかんが、会いに行くなら柏樹郷の人民に会いに行くべきじゃ。

どこの人民ですって？

椿樹村の槐花《かいか》という娘に会いに行くんじゃ。

槐花は何をしているんですか？

もともと九都《きゆうと》市で体を売って生計を立てとった奴じゃ。

冬で、太陽は黄色く明るく爽《さわ》やかに頭上に掛かり、火の付いた金が山脈の上で焼けているようで、それを見たら誰でも火にあたるように手を伸ばし、ちょっとでも暖まりたいと思うだろう。郷の牛車のようなマイクロバスに数人が乗っていて、耙耬《はろう》の山の上でクネクネ動き、マイクロバスの年寄りの牛のようなモウモウ鳴く声とゼイゼイ息する音が聞こえ、窓の外の日の光を見ながら、誰の顔も金色に輝き、触ったら色は顔から剝《は》がれ落ちてしまいそうだった。柳郷長の顔も赤く燦々《さんさん》と輝き、車の外を見ながら、日の光の中で、道中ずっとケラケラ笑っているようだった。新しい県委員会書記が就任した。所轄の各郷の書記と郷長は報告に行かされる。各郷が、二時間から三時間かけて、郷の政治、経済、文化、治安、地理、社会構造や特殊な風俗など、あれやこれや、大きいことから小さいことまで、半日かけて報告しなくてはならない。筋道は、春なら緑、秋なら黄色というようにはっきりしていなくてはならず、重点は見渡す大平原の中にそびえる山のように飛び出していなくてはならない。言うまでもなく、これは単に報告であるだけでなく、各郷の主幹幹部の試験なのだ。柏樹郷では書記が異動になって、書記がおらず、それで十人百人、みんな柏樹郷に来て書記になりたくて、それがかえって県を困らせ、この二、三年書記はおらず、柳郷長が郷長と書記を一手に引き受けていた。自然、県委員会書記に報告に行くことも、柳郷長の頭上に降りかかってきた。チャンスであり、挑戦だった。挑戦ということでなら、千年待っても一回来るか来ないかの挑戦だった。郷のあらゆる方面の頭のいい連中に、様々な材料を準備させ、重点、観点、数字、問題点を数十頁《ページ》の原稿にまとめ、また自分でノートに書いた日常の雑記は覚えるところは覚えて、関連する数字は母親の誕生日のようにしっかり覚え、郷の数名で県に向かって出発したのだ。

「柳郷長、新しい車で？」

「バカか、古いやつじゃ」

古い燕山印のマイクロバスは耙耬山脈の間を老いた牛がボロ車を引くように走り出し、朝日を迎え、雲や霞《かすみ》、遠くの山や近くの山、土の道を踏み、砂の道、泥の道、石の道を走り、しかし県城のアスファルトの道に着いたとき、柳郷長の顔の赤みは消え、一瞬で、顔じゅう強《こわ》ばった青色になった。彼は黙ってしばらく考え、突然運転手に車を停めさせ、車の向きを変えさせると言った。県委員会書記に会うのは止めじゃ、椿樹村で緊急喫緊の全郷の農村幹部の現場見学会を開く、全郷の村の幹部に槐花の家を見学させるんじゃ、ほいで全郷各村の幹部の目の前で、どこの村長じゃろうが、支部書記じゃろうが、民兵の大隊長じゃろうが、婦女主任じゃろうが、経済委員会主任じゃろうが、あらゆるすべての村の幹部の目の前で、槐花のために石碑を立て、全郷人民に呼びかけ、積極的に動いてもろうて、槐花に学ぶ運動を展開するんじゃ。

郷長は言った。「わしがわしの人民に会いに行かんで、県委員会書記に会いに行ってどうするんじゃ」

そう言いながら、報告の材料や資料、ノートに書き写したいろいろな項目を、全部ビリビリに破ると窓から投げ捨てた。それらは風に舞い、冬に地上に舞い降りる白い鳩のようだった。車に乗っていた、郷の副書記、副郷長、党委員会委員の宣伝委員や、党委員会委員ではない民生委員、さらに貧困救済専管委員、計画出産専管の婦女委員、みんな驚いていた。柳郷長の顔を見ていた。まるで真夏の太陽の赤く明るい光の中に大雪が舞い飛ぶのを見ているようだった。

「戻るんじゃ、何をボーッとしとるんじゃ」

みんなきいた。「県委員会書記さんは?」

「待たせときゃええ、あいつに郷長をやめさせることができるかどうか、お手並み拝見じゃ」

車は向きを変え戻っていった。まるで道を間違えたかのように、柳郷長と彼の部下を引き連れて、旋風のようにぐるぐる回りながら、数十里先の辺鄙《へんぴ》も辺鄙な椿樹村へと急いだ。

椿樹村は柏樹郷でもさらに辺鄙で、柏樹郷の役場は、市へ通じる県の公道のそばだったが、椿樹村は、耙耬の奥に通じる縄のような土の道の果てにあった。あの頃、といっても数年前のことだが、柳郷長はほかの郷の副郷長から柏樹郷の郷長になったときに、まず車に乗って、バイクに乗って、最後には自転車を道端の柿の木にしっかり鍵をかけて停め、さらに数十里歩いて、やっとその十数戸だけの、家はみな藁葺《わらぶ》き泥壁の椿樹村に着いた。日中は谷に数里降りて食べものを取り水を汲んでいるのを見て、夜は家々でユラユラ灯油ランプの灯《あか》りが揺れるのを眺めながら、結局村に三日三晩泊まると、歯ぎしりし地団駄踏んで言った。「クソッタレ、毒草でも食わんと、不治の病は治らん」そう言いながら郷から一台大きなトラックを持ってこさせると、山の麓《ふもと》の道で待たせ、椿樹村で会議を開いて言った。市から郷に従業員の募集が来とるんじゃが、枠は全部椿樹村にやるけえ、村の十八歳以上四十歳以下で、動けるもん、ちょっとでも動けるもんは男も女も、市でビルに住みたいもん、ひと月に千元《ユエン》、二千元の給料が稼ぎたいもんは、みな布団と荷物を丸めて山の麓へ降りて車に乗るんじゃ。

一つの村の青年男女が全員ワッとばかりに行った。

彼らが行ってしまうと、村は繁忙期の過ぎた麦畑のように閑散となった。しかしその車にぎっしり乗り込んだ椿樹村の青年男女たちを、郷長じきじきに数百里外の九都市の駅のそばの片隅に送っていき、トラックを静かなところに停めると、郷長は車から降りて、椿樹村の村人一人一人に発行された、郷の公証印が押された名前が空白の紹介状を渡して言った。好きなように書き込んでええ。この市内で何かしたけりゃ探しに行くんじゃ。男は建築現場で煉瓦《れんが》やしっくいを運んでも、女はホテルで料理を運んだり皿洗いしたりしてもええ。年をくってるのは、この街でごみ拾いか紙くず売りか、街の掃除でも、便所掃除でも、若いのは、警備員でも、保母でも、ホテルの従業員でもええ、まあ言うてしまえば、女は売春しても、男はホモになっても、自分のべろで街の人間のケツを舐《な》めてでも、とにかく村へ帰ることは許さん。半年がまんできんで戻ってきたもんは、三千元の罰金、三か月もたんかったもんは四千元、一か月もたんで村へ戻ってきたもんは五千元の罰金じゃ。もしちゃんと切符を買《こ》うて村に戻ってきたら、罰金がないだけじゃのうて、計画出産で一人余計に産んでもええくらいの待遇をしたる。

話が終わるや、柳郷長はさっさとトラックに乗って帰っていった。残された椿樹村の人びとは、父親に捨てられた、母親が他所で産んだ子供、果てしない荒れ地に捨てられた子羊のようで、彼らがどんなに驚いた目をしようが、驚いて車を追いかけ責め立てようが、喉《のど》をからして泣き叫ぼうが、柳郷長は振り返りもせずに、三百里向こうの柏樹郷へと帰っていった。落ち着いてからも、二、三日後に椿樹村に人をやって一軒一軒訪ねて調べさせ、市から逃げ帰ってきていた青年数人をつまみだし、罰金を科して、またあの市の人ごみの中に送り返した。

それから、その後は椿樹村の人びとは二度と市内から村へ逃げ帰らなかった。彼らが九都市で何をしたのかはわからなかったが、水滴が海に落ちるようなもの、あの人の海の中に消えていった。時にはこんなこともあった。椿樹村の青年が市内で徒党を組んで盗みを働き捕まったが、収容所が一杯で、市の警察が警察車両で柏樹郷に護送して返してきたので、柳郷長は顔を出して警察に食事をごちそうし、お酒をつぎ、彼らが帰るときにはお土産を渡さなくてはならなかった。

「まったく、あんたたちのこの郷からは泥棒ばっかり出るんだが」

柳郷長は泥棒の一人一人にびんたを喰《く》らわした。

「次に捕まったら裁判にかけるしかなくなりますぞ」

柳郷長はお土産を鉄柵が窓に付いた護送車の上に載せた。

車が行くと、柳郷長と椿樹村の数人の盗人だけが残された。柳郷長は彼らを横目で見ながら言った。

「何を盗んだんじゃ？」

「通りの井戸の蓋《ふた》とパイプ」

「ほかには？」

「街の人の家のテレビ」

柳郷長はその年上の方の盗人の腹に蹴《け》りを入れると言った。バカタレ、井戸の蓋やパイプがいくらになるっちゅうんじゃ。テレビなんか日に日に値段が下がっとって、ダイコンやハクサイみたいなもんじゃろうが、そんなもん、盗む価値があるか？　全員行くんじゃ、市、省都、広州、上海、北京へ戻れ。盗みをしても、わしゃおまえらを罰したりせん。じゃが二年以内に村に小さな工場をいくつか造るんじゃ、造れんで、また護送されてきたら、郷じゅう三角帽を被せて引き回してやる。その盗人たち、椿樹村の若者たちは、郷長に罵《ののし》られ、殴られ、そしてまた郷長から名前が空白の紹介状をもらい、家に帰って家族にあいさつすることもせずに、長距離バスに乗って九都市へ戻っていき、バスを乗り換えて省都やほかの大都市の中へと入っていった。

　ほかにもちょっとしたことがあって、この時、警察は柏樹郷に護送してこなかった。市の警察から柳郷長に人間を引き取りに来るよう電話があった。郷長みずから来なければ、釈放しないだけでなく、事の次第を、お客にごちそうするように県委員会常務委員のテーブルに並べることになる、と。今回は突然守勢に回らされ、柳郷長は自分で九都市の公安局に出向くしかなく、行ってみると、椿樹村と柏樹郷の娘たちが庭の壁際に一列になってうずくまっていて、みな肌を剝《む》き出し、裸で、ブラジャーと緑や青の三角形のパンティーを着けているだけで、日の光の中にみずみずしい柔肌《やわはだ》を晒《さら》していた。

郷長が彼女たちの体に視線を向けていると、一人の警察官がやってきて、彼女らの前に思いっきり唾《つば》を吐きかけた。

「あんたが柏樹郷の郷長だな？」

「申し訳ない、ごめいわくをおかけします」

「チッ、あんたらの郷ときたら、売女《ばいた》ばっかりだ」

「私、戻りましたら、彼女たち一人一人の首にボロ靴（ボロ靴はふしだらな女、身持ちの悪い女の象徴）を掛けて引き回し、世間に顔向けできるかどうか、これから先、嫁に行けるかどうか思い知らせてやります」

そして彼女たちを連れていった。彼女たちにちゃんと服を着させ、後についてこさせ、公安局から出ると、子供たちを連れて学校から出てきた先生みたいに、大通りを一本また一本と越えていった。柳郷長は振り返り、彼女たちが一列になって後についてきているのを見ると、彼女たちを睨《にら》み付けて言った。おまえらわしの後についてきてどうするんじゃ？　わしについてきて飯が食えるんか？　金ができるんか？

娘たちはみな驚いて柳郷長を見ながら、お互い顔を見合わせると、また市内へと散っていった。赤や緑、色とりどりで、柏樹郷の春の花のつぼみが、市内の隅々に落ちていくようだった。ただ彼女たちが行く前に柳郷長は父親のように彼女たちを叱《しか》って言った。

「できるもんは、自分で店長になって、ほかの郷や県の娘たちに売春させるんじゃ。やれる奴は、あのわしの目の前に唾を吐いた警察の奴をやっつけるんじゃ、奴を離婚させ、家をめちゃくちゃにして、あの警察官の妻になって、彼の一生をだいなしにしてやるんじゃ。みんな行け、わしの前から消えろ！　一年二年経っても、自分の家を藁葺きから瓦葺きの大きな家にできんかったら、土壁のボロ屋を二階建てにできんかったら、おまえらはほんまの売女、淫売じゃ、椿樹村、柏樹郷の父親の面汚しじゃ、家に戻って親兄弟、親戚に会うこともできんようになるんじゃ」

娘たちは彼女たちの郷長の話を遠く聞きながら、郷長の土のように素朴な顔を見ながら、郷長の話が終わるときびすを返し、ゆっくりと市内への道を歩きながら、彼女たちの青く柔らかい花を開かせ、果実を実らせに行った。

今や、椿樹村にはたくさん立派な果実が実っていた。村には電気もあれば、きれいな道も走り、水道も、製粉所も、鉄筋工場も、釘工場も、煉瓦工場もあって、今流れ作業で建設中なのは石灰窯《いしばいがま》だった。家はどれも瓦屋根か二階建てで、リビングのある大きな家だった。夏には、家の中で扇風機が休みなく羽根を回し、窓にエアコンが付いている家もあった。冬には、暖まるための石炭のお金がこれまでの食用油のお金よりも多く、電気の暖房器具がベッドの横に置いてある家もあった。暮らしはゴーッという音と共に一変してしまった。もともと九都で鶏小屋を作ったり、かまどを作っていた工員が、あっという間に親方になり、名刺には社長の文字が印刷してあった。もともと美容院で下働きで、夜は男の相手をしていた娘が、一転、美容院の美しく艶《あで》やかな店長になった。男の相手はほかの娘に回したのだ。事情はこんなにも簡単だった。椿樹村の人びとを、鴨を追うように街へ行かせた結果、三年後、村はこんな様子になったのだ。村の通りから眺めると、通りの両側には瓦屋根の家、二階建てがきれいに並び、新しい煉瓦や瓦の硫黄《いおう》の匂いが、キンキンキラキラ夏の小麦の香りのようだった。毎日どこかで家を建てていて、カンカントントン鳴る音が四季を通じて一年じゅう響きわたり休むことがなく、村と野原に吉祥の太鼓の音が響いているようだった。

椿樹村で現場見学会を開かないわけにはいかない。

槐花の家で現場見学会を開くしかない。

槐花の家はもともと本当に貧しく、二部屋の土壁、藁葺きで、庭の壁はくずれ、父親は半身不随で動けず、母親は四季を通して畑と台所仕事で忙しく、妹たちはすぐに学校をやめて家の中で遊んでいた。数年前彼女の家の年越し餃子は雑穀で作ったもので、姉妹は月経のナプキンを争って顔に血を流していたという。しかし三年前、槐花が郷の車で街に投げ出され、半年後に彼女はすぐ下の妹を街に連れていき、一年後には二番目の妹を街に連れていき、二年後姉妹三人は街で逍遥《しょうよう》美容院を開き、三年後にはそこに娯楽城を作った。城と名前の付いた娯楽に行くところが、どれほどの大きさかわからなかったが、噂《うわさ》によると女の子と警備員だけで何十人もいるという話だった。お金は、毎日毎晩止めることのできない水道のようにザアザアこの街を流れていた。柳郷長はずっと見学に行きたいと言っていたが、なぜかわからないが、言うだけで結局行かなかった。九都の娯楽城には入ったことがなかったが、槐花の家にはもう何度も行ったことがあった。槐花の家は村でも最も美しい洋風の家で、その建物の壁に嵌《は》めこまれている煉瓦は何度も撫《な》でたことがあった。さらに庭の壁は監獄のように高く大きく重苦しくしないように、人の背の半分くらいの高さで向こうが透《す》ける格子の壁にして、都会の高級住宅地にしかない鉄製の芸術品を嵌めこみ、門の前には狛犬《こまいぬ》を置くのではなく、醜いからこそ美しい奇岩を置き、村の建築の模範になるようにと提案もした。郷長の提案は、両脇で杖をついている槐花の父親が全部採用し、果たして家の中は都会の金持ちの家と同じようにきれいになり、村で家を建て壁を造るときの模範となった。どこの家でも家を建てるときには、まずは職人たちを槐花の家に見に行かせ、槐花は忙しくて帰ってこられないが、帰ってきたら家が西洋の香りでいっぱいで言葉が出ないだろうと言うのだった。

だからどうしても槐花の家で全郷の村の幹部の現場見学会を開き、村の入口に槐花のために模範を讃える碑を立てるのだ。

で、会議は開かれた。

県委員会書記へ報告に行く途中で引き返した柳郷長は、直接椿樹村に行き、各家の村人たちを総動員して、家を拭かせ、庭を掃かせ、表通りと横町を片付けさせた。牛は牛舎につながせ、羊は山に放牧させ、豚は豚小屋に入れさせ、鶏は鶏小屋に入れさせ、村人たちが朝起きて顔を洗った後のように村をきれいにさせ、三日後、各村の幹部がこの椿樹村の入口に群がっていた。日の光はとろ火のように山の尾根を暖め、椿樹村は明るい日の光の下で、巨大な、偽物の村落の模型のように山の中腹に並んでいた。偽物とも言えるが、しかしまた確かに本物でもあり、家の建物は見ることができ、門や壁に触れることもでき、通りのお年寄りや子供に、好きなようにいろいろきくこともできた。全郷の村の幹部、老いも若きも、男も女も、少なくとも百人以上が、午前の早い時間、柳郷長のあとにシッポのように三列に整列して、十数本の縄になった。縮まったり伸びたりしながら、まず村の郊外の工場や窯を見てあれこれ質問し、みんな小さなノートや自分の手のひらを字で一杯にして、たくさんの数字を書き留めると、郷長のあとについて村に戻ってきた。歩きながら質問しながら、村の幹部たちの意向に沿って、見たい家を見て、ききたい家の人にきいた。

「ほら見て、この家の門の背の高いこと」

一群の人がその門の前に立って、首を長く伸ばし、喉に赤縄のような筋を立てていた。

「この門の高さは？」

「一丈八じゃ」

ため息をついて、「なんとまあ、いくらかかったんだい？」

「どれほどもかかっちゃおらん、全部で五千元ちょっとじゃ」

きいた者はあれまあと驚いて、慌てて前を追っかけていき、きかれた家の主人は後ろで満面顔を輝かした。前の方では、みんなが新築の二階建てを取り囲み質問していた。この家の外壁に嵌めこまれとるのはどこで買《こ》うた煉瓦なん？　建物が赤いシルクをまとっとるみたいじゃね、火が付いたみたいに日の光がキラキラ明るうて、真冬にこの建物を見たら体じゅう暖かくなりそうじゃね。その家の主人は門の前に立って黙って笑っていた。どこで買うたんか教えてちょうだいよ。省都じゃ。うちの子供が省都に行って買うてきた舶来の煉瓦じゃ。この煉瓦は船と列車を乗り継いで省都に運ばれたもんで、うちの子供はこの煉瓦を買うために三度も省都まで往復したんじゃ。見ている人はそれで納得した。道理でシルクのように輝くわけじゃね。火と同じように暖かいわ。また別の者がきいた。あんたの子供は九都で何をしとったんじゃ？　運送じゃ。車の運転を？　自分で何台か車を買うて、ほかのもんに運転させとるんじゃ。

みんな驚いていた。

「じゃあ、社長さんってこと？　もともとは何を？」

主人は言った。

「何をしとったかって、もともとは九都で三輪車を漕いで人様の荷物を運んどったんじゃ」

荷物運びが荷車の隊列を出しているとは、三輪車漕ぎが社長に登り詰めるとは。主人は自分の家の子供が九都で盗みを働き、車を何度も盗んで柏樹郷に送り返されたことは言わず、苦労したのだ、元は街の三輪車漕ぎだったのだと言った。三輪車漕ぎと社長では天と地ほどの差で疑わしかったが、しかし赤く輝くシルクの衣をまとった建物は本物として目の前にあり、その建物が、草藁で作られ表を赤いサツマイモで糊付《のりづ》けした偽物だとは微塵《みじん》も疑いようがなかった。状況はかくのごとしで、三年で椿樹村は元の村ではなくなり、その曰《いわ》く因縁は深くまた浅くはっきりもしていて、複雑だったが簡単明瞭でもあった。細かくきけば幾日幾晩かけてもきりがなく、簡単に言えば二言三言で言えた。しかしみんな椿樹村にその秘密を探りに来たのだ、簡単に二言三言ですませることなどできやしない。そこできこうとするのだが、柳郷長は一番前から焦って全員に呼びかける。早《は》よう、早よう、槐花の家じゃ、槐花の家に着いたぞ。

槐花の家が光り輝いて人びとの目の前に現れた。

まるで新しいスタイルの廟《びょう》が村の中央に出現したかのようで、広さは一畝《ムー》、西側に東向きの三階建ての家があり、家の煉瓦は全部半分青く半分灰色の古びた感じの色で、窓はすべて木彫りのような鉄の装飾でその中には赤い銅や黄色い銅が嵌めこまれていて、花びらの中の花芯のようだった。庭の壁は鉄の飾りになっていて都会の公園の壁のようで、壁の下には花や草が植えてあった。冬だったが、背の高くならないカイヅカイブキやハイビャクシン、さらに四季を通して緑のモチノキや越冬草が、寒々しい黄色い冬の日の中でたくさんの青緑色で飾っていた。庭の中は、上流階級はセメントと焼き煉瓦を敷き詰めるが、槐花の庭の地面では深い赤色の四角い陶器の煉瓦を使っていて、その陶器はツルツルで足が映りそうで、外国から船で運んできただけでなく飛行機も乗り継いで運ばれてきたものだった。全郷の村の幹部たちは、押し合いへし合いしながら槐花の家に入ると、みんなポカンとして、一面真っ黒な人の頭の下は驚きあきれた顔、顔、顔で、しばらく驚いていたが、誰一人言葉を出すことができず、ただ一声、「あれまあ」「ほう」「なんて」と低い声で驚き、この季節に落ちた枯れ葉が宙からクルクル回りながらヒラヒラ落ちるようだった。

腰を曲げて地面をいとおしそうに撫でている者が、大真面目な顔で言った。「いやはやまったく、この窓は故宮の金鑾殿《きんらんでん》の窓と同じだ、一セットいくらだ?」早々と家の中に入っている人は、一階を見て二階へ上がり、三階をぐるっと回って出てくると、家の前の階段に座り込んでため息をついた。「クソッタレ、おまえらも早く上がって見てみろ、娘っこが天国みたいな暮らしをしとるのに、わしら年寄りは地獄の中でうろうろじゃ」

彼の感心しきりの顔を見た人が言った。「二階はきれいなのか?」

「上がってみりゃわかる」

「見たんなら教えてくれよ」

「行けよ、行きゃわかる」

そこでさっそく村の幹部の一団が二階に上がり、しばらく見てから出てくると、こうだった。「ここと比べてしもうたら、壁にぶつかって死ぬしかない、壁にぶつかって死ぬだけじゃ」さらにもう一団が二階へ上がっていき、見てから出てくると、壁にぶつかって死ぬとは言わず、「クソッ、クソッタレ……」だけで、クソッタレのあとには何もなかった。さらに大きな一団が押すな押すなで上がっていき、出てくると地団駄踏むことも話すこともせず、まっすぐ人の群れを掻《か》き分けていき、青い煉瓦と鉄の飾りの庭を抜け、村の通りでうずくまると煙草に火を付け煙を吹かしながら、何かが頭の上から押さえつけているようにうなだれ、顔色は鉄のように真っ青になっていた。どんよりした青色になっている者がいたので、尻を追いかけてきいた。みんな村長さんなんじゃろ、見たんなら何か感想を話して下さいよ、どうじゃったか感想を言うて下さいよ、感想を言うのが恐いんですか？

迫られ、一人の年寄りの村長が喉から声を絞り出して言った。「何も言うことはありゃせん、わしゃ六十二になったが、槐花を義理の娘にしろというなら願ったり叶ったりじゃ。わしらの村の男を彼女の義理の息子、女を義理の娘にしろというなら、このわしが許可する」

見学は終わったが、みんな槐花の父親を取り囲んであれこれたずねた。槐花の父親はもともとベッドに寝たきりだったが、三人の娘が都会で天下を取ったので高級な薬も飲めるようになり、ベッドから降りて、杖もなしで庭の中を人の助けを借りて行ったり来たりすることができ、満面真っ赤に輝かせてあれこれ話すのだった。

「槐花の娯楽城はどれくらいの大きさなんじゃ？」

「柳郷長が行ったことがないのに、わしが先に見に行けますまい？」

「あなたは槐花のお父様なんですから、槐花に車で迎えに来てもらえば？」

「迎えに来るということじゃったら、さきに柳郷長を迎えに来んと。柳郷長がわしの家を生まれ変わらせてくれた親じゃ、椿樹村の村人みんなを生まれ変わらせてくれた親じゃ」

さらに多くの者がたくさんのことをきいたが、槐花の娯楽城が九都のどこにあるかとか、風呂に入ったり食事ができるほかにどんなサービスがあるかとか、ほんとに煙草を吸う間に足の爪を切ってもらえるのか、一回切るのに二、三十元かかるというのはほんとなのか？　槐花が今日九都から戻ってくれたら良かったのに、戻ってきてくれれば、郷の幹部たちと会って秘訣を教えてもらえるのに、どうして柳郷長は槐花の家で現場見学会を開くのに、槐花を九都から呼び戻さなかったのだろう、云々《うんぬん》。

もっと話したいし、ききたいのに、柳郷長は門のところで声を張り上げた。「おーい、――ききたいことがあるんなら、わしのところへ来い、みんな村の入口の石碑を立てるところへ行くんじゃ、現場見学会の総括会議じゃ。そこで知りたいことはなんでもわしにきいてくれ」

それでみんな名残《なごり》惜しそうに槐花の家を離れると、槐花のための石碑を立てる村の入口の角のところへと出撃していった。

村の入口には広い空き地があり、平らで、ちょうど道が村に入るところだった。そこは、前は広々とした畑で、浅緑の麦の苗が天から落ちてきた色であるかのように畑に浮かび、道は田畑の真ん中を分けて走り、一本のよじれた麻縄がその色の上に掛かっているようだった。その縄の端っこ、村の入口に、柳郷長は槐花のために石碑を立てることを決めたのだ。石碑は石灰石で、横三尺（三尺は一メートル）、奥行き五尺、高さ六尺二寸で表にはどんぶり大の文字が十四文字彫ってあった。石碑の基礎はすでに地面の穴の中に埋められていて、ちょうどそばで土をかけ突き固めていて、あとはただ柳郷長の「石碑を立てろ」の一声で、その石碑を基礎の上に立てるだけだった。しかし柳郷長は叫ばず、ずっと話をしていた。

「我々はなぜ槐花に学ばないのか？」郷長は言った。「彼女は自分の妹を椿樹村から連れ出しただけでなく、同じ村、近隣の村のたくさんの若者、娘を連れ出した。一人が一人を助ければ一組豊かになり、十人が十人を助ければ金持ちだ。これこそ我々が歩むべき共同富裕の社会主義の道、我々がふだん話している集団主義、共産主義の精神じゃ。槐花のような人間なら、彼女のために石碑を立てるのではなければ誰のために立てるのか？」

　石碑の基礎の穴の周りには土だけでなくセメントもグルッと一周流し込まれていた。空気中に新しい泥と灰の匂いがあって、泥砂の川が目の前を流れているようだった。日はすでに頭の上に昇っていて、金銀の混じった白が村の入口に広く暖かく漂っていて、どこか暖かく伸びやかな感じだった。百人を超える村の幹部たちはその日の光の中に立って、あるいは自分の布靴の片方を敷いて座り、あるいは枯れ草を敷いた石の上で背筋を伸ばして柳郷長のパクパク動く口を見つめていた。一人の役者が大芝居の歌を歌っているのを見ているようだった。さらに村の野次馬の村人たちが人の群れの一番後ろに立って、年寄りも若いのも、柳郷長の顔をはっきり見ようと、誰も座らず首を伸ばしつま先立って、柳郷長の一言一句を聞き逃すまい、一挙手一投足を見逃すまいとしていた。

「どうじゃ、みなさんの村に槐花のようなやり手の娘がおるか？　わかっておられるかの。槐花は九都に行ったときは、美容院の店員で、いつも腰を曲げて床の髪の毛を掃き、シャンプーの男や女にお湯をかけとったんじゃ。ちょっと熱いお湯が女の頭にかかって、顔に痰《たん》を吐きかけられたこともあった。髪の毛を掃除しているときに、男の靴の中に入ってしもうて、男の前に這《は》いつくばって靴を舐めさせられたこともあったんじゃ……。まったくこの男はクソ野郎じゃ。みなさんは村の幹部で、みな農村の顔役じゃ、槐花が街で受けた仕打ちはひどいと思わんか？」

柳郷長は喉を涸らして話しながら高い石の上に立ち、下にいる一面の幹部たちを見渡している。学校に上がり、初めて教室に入って教室に座っている生徒たちを先生が見ているかのようだった。幹部たちが柳郷長を見ている顔は、子供たちが先生を見ているように、ぼんやり呆けて先生の話す遥か彼方の物語を聞いていた。

「槐花のために石碑を立てんわけにいかんじゃろうが」柳郷長は言った。「彼女は自分の家を建てただけでなく、彼女が村から連れていった十数人の娘たちにもみなそれぞれ瓦屋根や二階建ての家を建てさせてやったんじゃ。この十数人の娘たちに瓦屋根や二階建ての家を建てさせただけじゃない。村に電気を通し、水道を通した金がどこから出たんじゃ？——すべては槐花が出してくれたんじゃ。全部槐花がその十数人の娘たちを動員して資金を集めさせたんじゃ」

「それからもう一つ」柳郷長はちょっと話を止め、下の幹部たちや村人たちをじっと見ると、声をより一層張り上げて、何かを宣布するように叫んで言った。「わしがどうして槐花に帰ってこさせないのか？　槐花の石碑を立て、槐花の家で現場見学会を開くのに、槐花を呼び戻してみなさんに経験を話させんのか？　彼女は忙しいんじゃ——彼女は今、九都最大で最も人気のある娯楽城の社長じゃ。彼女が一日戻るだけで娯楽城の減収がどれくらいになるかおわかりか？　一万を超えるんじゃ。一万元と言やあ、一つの村の一期の穀物の収入金額じゃ。そんな槐花に時間を取らせることができるじゃろうか。まして槐花は来年春に郷から村までの泥道をアスファルトで舗装したいと言うてくれとる。道路を国家レベルに直すのにいったいどれだけの金がいる？」

柳郷長は言った。

「何百万、何千万じゃ」

「わしは柏樹郷の一郷長として、ほかに槐花への返礼を思いつかんのじゃ。わしは槐花のためにこの石碑を立て、全郷各村の村人たちに槐花に学ぶよう呼びかけることができるだけじゃ。三日前、新しく来た県委員会の書記さんに報告に行かなければならんかったんじゃが、あれこれ考え、わしは現場見学会を開く方が報告に行くより重要だと思ったんじゃ。槐花のために石碑を立てることの方が、新しく来た県委員会の書記さんに会いに行くより重要だと思ったんじゃ。わしは県委員会の書記さんに罰せられるのは恐くはない。県委員会書記が人民の良い書記であれば、わしを責めたりはせんじゃろうと思うとる。彼とわしの心の中はすべて自分の人民のことで一杯じゃから。すべて自分の人民なんじゃから、わしが人民のためにしたことで、県委員会の書記さんが怒ることはあるまい」

　槐花のための石碑が立てられ、それは一枚の壁のように村の入口に立った。

　柳郷長が新任の県委員会書記に報告に行くと約束したのは三日前だったが、県委員会書記は丸々三日待っても柳郷長に会えなかった。県から何度も郷に電話を入れたが、郷は、柳郷長は農村に出かけております、忙しくて、新しい書記様には本当に申し訳ありませんとのことです、と繰り返すだけだった。すると？　すると新しい県委員会書記はちょうど飲んでいたお茶の中身を事務室のテラゾー（大理石などの砕石をちりばめた研ぎ出しのコンクリート）の床にぶちまけると、怒って車を柏樹郷の政府に走らせ、郷の政府で柳郷長が見つからないと、すぐにまた車を走らせて椿樹村まで追いかけていった。県委員会書記が追いかけてきたと聞いて、柳郷長は落ち着いた様子で槐花の石碑を立てると、各村の幹部には食事もなしで、それぞれの村に帰らせ、椿樹村に学び、槐花に学び、できるなら村の委員会の名前が空白の紹介状を十枚、二十枚、それが無理なら三枚、五枚でもいい、必要なら郷の党委員会で名前が空白の紹介状を準備するから、能力のある男女に発行してやるんだと言い聞かせた。

現場見学会はサーッと終わり、村の幹部たちはバタバタと椿樹村を離れ、ムシロのようにバラバラになって、それぞれ帰っていった。散っていった村の幹部たちを見ながら、ついてきた郷の幹部と村人たちを村の入口から帰らせ、柳郷長は槐花の石碑の前にしばらく座り、煙草を一本吸い、日に当たりながらしばらくのんびりし、散っていった幹部たちが帰り道で新しく来た県委員会書記に出くわしたら……、柳郷長は指を折って数えながら、書記は村の幹部たちに何かきくだろうし、村の幹部たちはそれにこたえるだろうから、だいたいこれくらいの時間はかかるだろうと算段し終わると、目を開け、西に傾いた白色の太陽を眺め、広い田畑を眺め、後ろの静まりかえった椿樹村を眺め、最後に槐花のために立ててやった石碑に目をやり、その上にどんぶり大の文字で彫ってある「すばらしい模範、槐花に学ぼう」の文字を見た。

その文字をしばらくじっと見て、柳郷長は突然その石碑の前に痰を吐いた。三年前、九都市にあの裸の娘たちを引き取りに行ったときに、警察が彼女に向かって吐いた痰のようだった。吐き終わると、その白い硬貨のような痰をしばらく見つめ、その石碑の石灰石の台を踏みつけ、きれいでピカピカの台に大きな靴跡を付けてから、やっと石碑と椿樹村に背を向け、外に向かって歩いていった。歩く速度はだんだん速くなり、一つの曲がり角でウォンウォンという車の音が聞こえると、大股に走り出した。冬だったので厚着で、日の光も暖かかったので、少し走っただけで顔じゅう汗だらけになり、ハアハア息をし、汗だらけの顔で新しい県委員会書記を迎えるため、その汗が落ちてしまわないように、新しく着任した県委員会書記と一緒に椿樹村に戻って村を見て、椿樹村を新しい県委員会書記の農村調査の最初の村にするため、柳郷長は平地をその場でぐるぐる走り回り、足を止めなかったが、前には進まなかった。その平地からは、椿樹村の雪のような二階建てや瓦屋根が見え、村の入口の槐花の石碑も見え、それは英雄の記念碑が日の光の下で燦然と青い光を放っているようだった。石碑を見て、柳郷長は言った。新しい書記があそこへ行かないなんて許さん。柳郷長はグルグル回りながら、山の麓から車がウォンウォン音をさせやってくるのを待っていた。

その車の音がゴウッと響いてきた。柳郷長はその漆黒に輝く車が曲がり角から出てくるときに狙いを定めて、一路走って書記を迎えに来たかのように急いだ様子で走って迎えに行ったが、その車が目の前に来て、彼が車に手を振ったとき、車はクラクションを二回鳴らすと、彼を避けて行ってしまった。

柳郷長は愕然《がくぜん》として道端に立ち、新しい県委員会書記は彼を知らなくても、秘書は知っているはずだと思ったが、しかしまるで道端でヒッチハイクしている人から逃げるように避けると、椿樹村に向かって走っていった。落日の陽光は一面山脈に敷き詰められ、田畑は血のように赤い光のベールのようで、柳郷長はその車の後ろの白い土煙を見ていた。顔は強ばり蒼白になり、どうしていいかわからなくなったその時、その車は前で停まった。一人のすらっとした娘がその車から降りてきて、冬なのにスカートをはき、ピカピカの革のハイヒールをはいて、柳郷長の方へゆっくり近づいてきた。スカートがユラユラ揺れるたびに日の光で輝き、一歩一歩近づいてくるのを待っているとき、彼女の身なり、みずみずしさ、美しさは、白い睡蓮《すいれん》が柳郷長の目の前で土黄色の日の光の中を漂うようだった。彼女は柳郷長の目の前に静かに立ち、顔を赤らめてそっと言った。「郷長、私をお忘れですか？　槐花です。三年前あなたが九都で公安から引き取って下さったんですよ。あなたがいなかったら、今の私はありませんわ。

柳郷長、人は恩を忘れてはいけません。世界じゅうの男の中で、あなただけが私を大事にして下さいます。私はあなたにどうお話ししたらいいのかわからなくて。怒られるのが恐いし、顔に痰を吐かれるんじゃないかと恐いんです。私はあなたが私の建てた家にこんなに興味を持って下さって、村の入口に私のために石碑を立てて下さるなんて思いもしませんでした。いろいろ考えて家に帰ってあなたに一言お礼を言うしかないだろうと。郷長、お金が必要なら、私の稼いだお金はすべてあなたのものです。もし娯楽城の女の子でお気に召したのがおりましたら私におっしゃって下さい」

そして槐花は続けて言った。「柳郷長、あなたがもし私、槐花をということでしたら、私はあなたについていきます」

言い終わると、槐花の顔の赤みは薄らいでいき、みずみずしい白色に戻り、身内のよく知らない兄を見てでもいるかのように、静かに柳郷長を見つめていた。柳郷長はというと、これもまた静かに身内のよく知らない妹を見ているかのように槐花を見つめていた。槐花は柳郷長の目の前でぼんやりしてきて、美しい本物の蓮《はす》の花、牡丹の花になった。

いっぺん兵役に行ってみなよ

世界は違うし、景観も違うし、人も違う。兵営は村の建物や住宅ではない。新しい瓦屋根の建物やビルは、まだ硫黄《いおう》の匂いを放っている。通りに散らばっている鶏や犬は、朝小屋を出て黄昏時《たそがれどき》まで家には戻らない。村はずれや大通りの売店、レストランは、みんな洋風で都会的な名前が付いていていて、夜までおしゃべりする村人やお酒を飲む村人が一日いる。あるいは、晩まで、買い物する閑人《ひまじん》や酒を買う人がまったくいなくても、彼らは変わらず店を開け、一日商売している。商売しているときにも、ほかの何かの機会を逃すことはない。男だったら煙草、将棋、女だったら井戸端会議や掃き掃除、入口に立って行き来する人や騒ぎを見ること。都会ではこうはならない。都会は永遠に秩序立って乱れている。朝七時以降、午後五時半あるいは六時以降、大通りは車の洪水と自転車のベルのチリンチリンいう音が、白く茫漠と世界じゅうを覆う。渋滞の車のクラクションは、鋭く突き刺さるように自転車のベルの渦を突き抜けていき、都会の喧噪《けんそう》と混乱に鞭《むち》を打つ。だから、通りのどの一人を見ても、みんな緊急会議で中南海かホワイトハウスへ急いでいるみたいだし、地球の自転が停まり、木星と火星が衝突するみたいだ。しかし公園の中や通りの三角地帯の緑の中のお年寄りは、改革開放でもたらされた西方文明に追いやられかろうじて残されたその緑地で、鳥籠《とりかご》を提げ、芝居の科白《せりふ》をうなり、気功の練習をし、世界のすべてのことは自分とは無関係のごとく、そのゆったりした自然な様子は、村を歩き回っても同じような例を探すのは難しい。比べてみると、兵営は全然違っていて、都会とは違うし、村とはもっと違う。兵営は完全に秩序でがんじがらめにされていて、そのすべては時間と人為の規則の中にあり、すべては秩序の型の中にあり、忙しいのが許されているだけで乱れは許されない。規律が許されているだけで、手がかりも何もないほぐした麻のようなものは許されない。建物、設備、道、睡眠、食事から言語や思想に至るまで、すべてに規則と規律が求められる。形式（主義）はここでは極端に膨張して、滋養たっぷりの水や土のように必要な鉄の規律を育て上げる。あらゆる建物は、平屋だろうがビルだろうが一律に東西に並んで、南寄りの場所に北向きで、あるいは南北に並んで、西寄りの場所に東向きで建っている。兵営の中で、東西に並ぶのと南北に並ぶのがごちゃごちゃになることはない。ある中隊の台所が中隊本部の場所にあるならば、別の中隊の台所も必ず中隊本部の同じ場所にある。宿舎の入口の前の空き地には、一律に鉄棒、平行棒、鞍馬があり、それらの設備のある砂場は、数は山ほどあっても、その形状やサイズは寸分の違いもなく、たった一種類しかないかのようだ。平行棒の入口の端は、擦《こす》れて光り、終わりの端は長い間雨ざらしになった木が少し腐ったかのようだった。鉄棒の両端は赤さびでまだらになっていて、真ん中の手でつかむところは、永遠に白く光っている。鞍馬は砂場の外半メートルのところで傾いている。トイレはすべて兵営を取り巻く壁の、中隊本部と同一緯度・経度の直線上にある。ベッドの配置、銃のラック、水筒のフック、椅子《いす》はどこに置くか、タオルを畳む形、歯ブラシをコップの中に入れるときはブラシを上にするか持ち手の方を上にするか、配給された裁縫セットは枕の左上に置くのか枕元の引き出しのどの位置に置くのか、それらはすべて千篇一律、一つとして違わない。単調な統一は兵営の最低限の地色だ。そのため、統一された単調はまた独特の味わいを持つ。道端の木々は冬になるとベッタリと石灰水を塗られるが、一律に一メートルか、一メートル二十センチの高さまでだ。建物の裏のもの干し場の鉄線はエンドウ豆ほども太さのある六号針金。見張りはいつも直立不動で、地面と九十度、兵営の内外の隊列は、いつもきちんと揃っていて、それは揃えるためだけのように思わされるが、ある種、精神と価値観を揃えるためにやっているようにも思わされる。総じて、すべては秩序立ち、規律にのっとっていて、秩序と規律が軍営の最も基本的規範とおおよその見た目であり、また兵士たちの生活の基本原則と処世のための基準になっている。

兵士について具体的に話すべきだな。兵士について話すときが来たようだ。兵士は兵営の主人、軍隊の主体、舞台で欠くべからざる主役あるいは脇役だ。冬。年に一度の徴兵がまたはじまる。村の通りや、大通りの道端の木や、小さな駅の広告板、商店やホテルの入口に、赤色のスローガンが決まって斜めに貼られる。去年のスローガンの内容はこうだ。一人が軍隊に入れば、一家の光栄。今年の内容も相変わらず、一人が軍隊に入れば、一家の光栄。あるいはほかにあるかも知れないが、百パーセントいつもの繰り返しだ。辺鄙《へんぴ》で貧しいところなら、人民政府の武装部の職員が事務所に座り、村の委員会の民兵の大隊長が適齢の青年を連れてきて彼らに頭を下げて登録するのを待っている。それはまた酒や煙草や特産品を持ってくるのを待っているのでもある。これが豊かな里――たとえば広東、温州やそのほかの沿海地区であれば、武装部の幹部が煙草や国の『兵役法』を胸に抱え、農民の家までいって煙草を勧め、子供を軍隊に入れて、家と国を守ってほしいとお願いする（南方ではすでに、お金を出して子供の代わりに北方の出稼ぎ青年に軍隊に入ってもらうことが始まっているという）。しかしこのような地区はとても広いとはいえないので、計画出産の難度と比べると、徴兵は明らかにずっと容易だ。都会での徴兵は、ほとんど何の難題に出くわすこともない。というのは都会青年退役法が就職を世話する規定を定めているからで、この仕事を容易にするだけでなく、誘惑的、魅力的なものだと歓迎されている。人材は四方八方、東西南北、空から海から集まってくるが、動機はだいたい以下の二つに限られる。すなわち、村の青年は服役で土地から離れ、バラ色の前途を得ることを渇望している。都会の青年は服役後に職業選択のチャンスをもらい、安定した収入を得ることを渇望している。もちろん、子供を軍隊に入れ、世間を見させ、視野を広げさせ、世界が結局どれほど大きくて、四角なのか丸なのかわからせるとか、子供を軍隊に入れ、家から出して数年お腹《なか》一杯食べさせ、もっと大きくなってもらうとか、子供が言うことをきかず法律に触れるようなことをして、公安部の事件記録に名前があるので、部隊の溶鉱炉の中で、なにか教訓を得たり、人生の目標を見つけてくれたらとかもある。このように、奇々怪々、種々雑多、だいたい同じ目的を隠したまま、目視検査、身体検査、政治審査を経て、最後にだぶだぶの軍服を着て、車や列車や船や飛行機など現代的な乗り物に乗る。途中いくつかの兵站《へいたん》で何度か数日、米の飯、蒸しパン、大鍋料理を食べ、駅で待っている軍用トラックに乗せられ三年の兵役に連れていかれるのだ。

ここから、ここでまた一群の兵士たちの新しい人生がはじまる。まず兵営に着くとすぐに、司務長（補給・主計・炊事係の幹部）から二か月分の特別手当てをもらう。次に、老班長が何も考えず適当に上下二段の木製ベッドを割り当て、寝床の下に全員を集め、名簿を手に持って、一人の名前を読んでから突然言う――名前を呼んだら私の質問に答えるんだ――そして名前を呼び、チラッと見てからきく。おまえはなぜ兵士になった？　九人の新兵だったら九回きく。八人だったら八回きく。八回だろうが九回だろうが、答えはみな同じ、家を守り国を守るためです。これで班長はご満悦で言う、立派な覚悟だ、レベルも高い。そして三つ目もすぐにはじまる。室内での日常的な仕事と布団を畳むことだ。布団を畳むのは大変で複雑な仕事で、いかに最短の時間で、布団を煉瓦《れんが》のようにきっちり四角く畳むかは、新兵全員にとって少し大げさなくらいの峻厳《しゅんげん》な試験なのである。もし速く上手に畳むことができれば、班長に最高の第一印象を与えることができ、今年の新兵についてはまだ白紙の状態の小隊長、中隊長、指導員の頭の中に、最も新しい最も美しい絵を描かせることができるかも知れない。たぶん、そのことによって副班長（主に内務と衛生担当）になるかも知れない。副班長になることは別に重要ではないが、重要なのは班長は副班長から始まり、小隊長は班長から始まり、副中隊長は小隊長から始まるということだ。すなわち、将軍への階段の第一段も、同じく副班長あるいは班長だということなのだ。だから、新兵たちは布団を畳むことに心血を注ぐ。軍用布団の綿はすべて国家の一級品で、日に当てるとふかふかになって柔らかい。きれいに畳むために、一般の新兵たちは日曜日には布団を干すだけでなく、布団の表面に水をかけ、畳むときに壁の隅のような角が出るようにする。新兵の中には、翌日の内務検査を迎えるために（内務検査に対処するために）、夜の初めから布団をちゃんと畳み、折り曲げた角に沿って温かいお湯を吹きかけ、木の板でまっすぐな線にして、三角定規をつかって折った角が直角になっているかどうかを量り、基準に合ったら、その夜はもう布団は広げずに眠り、服を着たままベッドで寒い一夜を過ごす者もいる。翌日、軍の高級幹部が検査団を連れてやってきて、ベッドの前に立つと、こっちを触り、あっちを見て、布団やその他の内務衛生状況を見ながら一通り審査するが、最後の講評のときに、この中隊は褒《ほ》められることになるかも知れない。大隊は大隊の流動紅旗（三角形の赤旗で表彰のために用いられる）を表彰すべき中隊に、中隊は中隊の流動紅旗を表彰すべき小隊に置く。小隊は小隊の流動紅旗を表彰すべき班に置く。班長は赤旗を自分の枕元に置くが、班務会（週一回一時間以内で開かれ、振り返りと統括を行う）の席上でその一晩眠れなかった新兵を大いに褒めてやらなくてはならない。もしその新兵が一晩眠れなかったことが原因で風邪をひいてしまったら、班長は病人食を彼の枕元まで運んでくれるだろう。

新兵の生活は厳密で幼稚、でたらめで笑える。進歩のため、表彰されるため、競い争ってきれいに掃除する。起床ラッパが鳴る前にはベッドから這《は》い起きて道具を取るため、前の日の夜からほうきやシャベルやバケツを自分だけが見つけられる場所に隠す。班長に気に入られ班長の笑顔と賞賛を得るために、自ら進んで班長に洗濯を申し出る。班長が起きる前に歯磨きを班長の歯ブラシに付ける。班長が訓練場から戻ってくると、椅子を班長のお尻の後ろに置く。班長はきっとそういうやり方は好きではなく、たぶん人前では厳しく叱《しか》るかも知れないが、誰もおらず、二人だけのときだったら、どこの出身で、家族は何人で、新兵の訓練が終わって配属を決めるときにどこに行きたいかきっときいてくるはずだ。故郷と両親から遠く離れた新兵は、そんなことをきかれると、普通心の中が熱く沸き返り、家のことすべてを——話すべきことも話すべきでないことも、洗いざらい班長に話してしまうのだ。親しく接してくれるのはほかの新兵とは違うのだと思い込んでしまう。班長のそういう話は一般的にどの新兵に対してもするもので、班長が新兵だったときの班長がどの新兵にも気前よく贈った慰めのようなものなのだが。単純さは盛夏の濃い緑の陰のように新兵たちを覆い、彼らの柔らかい豆腐のようなみずみずしい心は日ごとに外ににじみ出して青春の水を滴らせる。どの兵士も進歩を渇望する両目を大きく見開き、積極的でないことを恐れ、覚悟の銃弾が将来の目標に命中しないことをただただ恐れている。隊列を訓練するとき、左向け左、右向け右を揃えるため、帽子の庇《ひさし》の両側に髪の毛のような二本の細い糸を結べば、頭をねじったときに、並んでいる数人の兵士の帽子の庇の細い糸がちょうど目の端で一列に並んで垂れるのだ。匍匐《ほふく》と射撃の練習では、凍りつくような寒い日に雪の中を四時間這いずり回って、肝臓、脾臓、心臓、胃腸を氷《こお》らせ、氷って裂けた手の傷口からは黄河や長江のように血が流れ出る。衛生検査のときは子供のように自分の手と顔をきれいに洗い、髪の毛と爪を短く切り、それからトイレに行って便器に水をかけ、壁のひび割れに自分のこづかいで買った香り付きの色鮮やかな細い線香を差す。検査団がまだ来ていないのに大小便をしたくなったときには、たとえ糞詰まりになって死のうが、トイレに踏み込んで自分の労働の成果を汚すことは決してしない。集団の栄誉と個人の運命はここでは完璧《かんぺき》に結合している。人生の長い道のりや複雑さや変化の多さは、ここでは簡単且つ直接的、高尚且つ功利的だ。こうして、ひと月あるいは数か月の新兵の訓練は終わる。彼らはそれぞれ中隊に配属される。新しいポストに向かってビクビクドキドキしながら歩いていく。

兵営のつくりは永遠にみな大同小異、同じような兵舎、同じような通り、同じようなグラウンドと銃、そして同じような訓練と任務、同じような思考と言葉だ。どの中隊にも栄誉室があり、どの大隊にも栄誉室があり、どの連隊にも連隊史展示館がある。優勝旗や額で一杯のこの場所は、壁は白く疵《きず》一つなく、解放戦争、抗日戦争、はたまた紅軍の時代に残された旗はすでに色あせボロボロになっている。旗のふちについている房は年寄りの歯の抜けはじめのようで、旗の地色の赤は歳月の深い闇に染められ、繁体字の黄色い布を切り抜いて作った旗の表の文字は子供っぽく生真面目だ。ガラスで覆われて机の上に並んでいる古い歩兵銃、ヘルメット、薬莢《やっきょう》、壊れた水筒、古い党の証明書、縦書きの古い新聞やどこかの英雄の誤字だらけの日記は、遙か遠く神秘的で、新兵に誇りを感じさせ、またとても追いつけない感じにさせる。しかし建国以降、とりわけ、訓練で成績を上げて、二等功労、三等功労に叙せられた英雄たちや、通りの暴徒と勇敢に戦い、推薦で軍校に入った学生の写真やその説明、洪水での緊急出動や地震での救援活動で突出した功績を上げ破格の出世をした英雄たちは、目の前にある手に届く存在に見え、彼らを羨《うらや》ましがらせる。そして、週末の夕方、夕陽がまだ高く空にかかり、兵営の中の至る所が夕陽の赤に染まると、新兵たちは同郷の者同士で集まる。ビールを提げ、購買部で買ってきた落花生や種の袋を持って、さらに誰かの家が送ってきた特産品も持って、こっそりグラウンドの隅に行くと地面に座り、とりとめもなくそれぞれの感じていることを話す。グラウンドの端には大きな閲兵台があって、その上ではかぞえきれないほどの英雄により、花束と拍手の熱い血の舞台が演じられ、何千何万という兵士の熱き血潮と心そしてガチガチぶつかり合う鉄の骨を揺すぶってきた。閲兵台の向かいにあるのは、戦術訓練用の障害物だ。グラウンドのもう一方の壁の両側にあるのは、呼びかける力に満ちた巨大な鉄のプレートの赤ペンキのスローガンで、一方には、「精鋭育成、祖国防衛」、もう一方には、「団結緊張、厳粛活発」と書いてある。グラウンド全体には、軍営と戦争、戦争と平和の協調関係とお互いの内在関係が透《す》けて見える。まさにこのような環境の中で、彼らは感じ取るようになるのだ。かつてあった中隊の赫々《かっかく》たる戦功に誇りを感じ、自分の前途のための道筋を探すのにも落とし穴があると。たくさんのことを話し合う中で、一つの道理がわかるのだ、すなわち、栄誉はすべて犠牲から始まり、将軍も班長から始まるのだと。愛情や故郷や男女間の感情などといった個人のことは、このわかった道理に比べれば、取るに足りない、持ち出す価値もないものなのだ。彼らの内心は熱い血でたぎり、青春は春の雨で芽を出す草のように新鮮な色と香りを撒《ま》き散らす。消灯の合図がなると、みな名残《なごり》惜しそうに大グラウンドを離れ、別れるときにはビールやつまみを買ってきた者が別の戦友に向かって必ずこう言う。忘れるなよ、来週はおまえが買ってくる番だからな。

そしてまた月曜日から土曜日まで（のちに金曜日までになったが）の単調で繰り返しの訓練生活が始まる。朝、規定の時間内に起床し、顔を洗い、用を足し、集合し、グラウンドに出て、隊列を練習するか、あるいは五キロの山野を進む体力トレーニングを行う。何時何分かに訓練が終わったら、十分間で日常の仕事を片付ける。布団をきちんと畳み終わってベッドの端に座ってちょっと一息入れようと思ったとたん、お尻がまだちゃんと座る前に、食事のラッパが鳴り響く。食事の後は十五分間の休憩で、手紙を書く者は最初の一文を書いたとたん、トイレに行った者はしゃがんだとたん、思想を報告しに行っていた者は[*1]、まだ本題に入る前に、集合ラッパがまたもや軍営の空に響き渡る。事実、ラッパは兵士にとって一日の生活の最大の制限、規範と解放で、ラッパの大きな真鍮《しんちゅう》の音がひとたび響けば、すべての自我は必ず停止する。逆に、それがひとたび響けば、すべての集団活動の終わりが宣告され、兵士たちは再び制限と規則のある自我に戻る（しかし士官は、学校の先生が終わりのチャイムが鳴っても授業をやめないように、たいがいそれを引き延ばすのが好きだ）。午前中（あるいは一日）は政治指導員の教育の授業だ。指導員は授業の準備に苦心惨憺《さんたん》するが、兵士たちにとってはどこまでも無味乾燥だ。授業のあと指導員が、授業の内容はどうだった?とたずねると、老兵たちは、すばらしかったです、とこたえ、新兵たちは、すばらしかったです、感動しました、とこたえる。新兵たちは成熟すると、すべての軍営用語を言えるようになる。これはある意味、彼らが軍人として熟練、練達したことを表している。しかし事実は、背筋を伸ばし座ったままで、政策や政治、人生を何に捧げるか、集団と個人、民族と国家、軍隊と庶民についての話を、澱《よど》みのない流れるような口調で一日じゅうやられると、新鮮みは即座に消え失せ、彼女とだめになったかのように気力が出てこなくなる。幸い、外での訓練の時間の方が室内での教育の授業の時間よりも多い。午前、午後あるいは一日じゅう、射撃場で標的を狙い、野外に出て目標を探し、班は班レベルの戦術で、小隊は小隊レベルの戦術で山の斜面で訓練をしたり、さらに数日から半月続けて、兵舎を離れ徒歩での野外訓練を行うが、苦しいのは言うまでもない。汗が背中をだらだら流れ、足腰は痛むし、体は血だらけで、足にはまめだが、これは御飯のときに箸がいるのと同じく、必要欠くべからざるものなのだ。しかしこれは青春のある種の性的要求を解き放ち、逆に教育を座って受けるのよりも楽しい。顔を上げれば青空を見渡すことができ、手を伸ばせば草や木に触れることができ、地元の人たちから差し入れがあって軍民関係の慰めを得ることもできる。ほかにもう一点、どこへ行っても自分とは着ているものも、行動も、目的も違う人びとがいて、彼らは兵士たちの疲労を分解する薬なのだ。都会の娘たちは夏になる前にスカートをはき、艶《あで》やかに化粧し、お腹や足や胸元の絶対領域を露わにして男を誘う。村の娘たちには、都会の娘たちのように妖艶《ようえん》な魅力はないが、彼女たちの明るくきれいで純朴な瞳には、都会の娘たちにはない空虚なおごりがある。彼女たちが兵士たちの軍服と隊列を眺める目には、永遠に一種の親近感と神秘が透けて見え、もし声をかけたら、彼女はきっと身に余るもてなしに驚き喜ぶ様子を見せるだろ

＊1　原文は「思想匯報」。入党を申請している者や党員は、自分の思想状況を党組織によりよく知ってもらうために、定期的に書面の形で党組織に自分の思想について報告する。

う。総じて、野外での自発的訓練は教室での受け身の授業よりもずっとのびやかなのだ。野外での時間は流れる雲のように美しく敏捷《びんしょう》で、椅子に座って新聞の朗読をきいたり文献を学ぶのは、老いた牛がボロ車を引くようにのろのろとしていて、見るに堪えない。しかし、どうであろうと、時間はこうして過ぎていき、昨日は今日の予行演習であり、今日は明日の繰り返しなのだ。夏は春の後ろで鞭を振り上げ馬を急《せ》かし、秋は夏の後ろで西風を強く吹かせる。そしてついに冬がやってきて、また一群の新兵が軍営にやってきて、また一群の三年服役した老兵は新兵と中年兵（二年目の兵士）に別れを告げる。伍長は軍曹になり、軍曹は上等兵になり、ほかの兵卒はそのまま班長、副班長になる。特に優秀な者は入党し、傑出した代表は二年目の三月、四月に授業を復習して、七月に全軍統一試験を受け、九月に軍校に合格し、軍営から離れる。彼らが再び軍営に戻ってきたときには、もうすでに兵士ではなく、兵士を指揮する人だ。彼らの運命はここから変わり、結婚相手も農村の娘を探すことはなくなる。農村の娘を見つけた者も、良心の呵責《かしゃく》を感じながら、あらゆる方策を尽くしてその娘とは終わりにするか、そうでなければ人には言えない遺憾を抱いたまま、さらに力を入れて仕事に励み、大隊の副官になり、奥さんや子供を軍隊に呼んで一緒に暮らすことに次の目標を定める。しかし最も大多数なのは、やはり軍校にも合格せず、班長にもならず、功を立てて入党することもなかった大部分の軍曹たちだ。彼らは新しい一年をビクビク不安で、気が気でなく、自分には人より才能がない、運がないと責め、また一方で全身全霊で教育と訓練に身を投じ、たとえ訓練の成績が良であろうが優であろうが、教育の試験が九十点以上であろうが、それでも主体的に自覚を持って自分の中の足りない部分を探すのだ。彼は自分をがっくりさせる問題を見つける。彼の周囲には、神のように進歩が早く、前途に光明があり、確かに多方面において彼よりずば抜けている者が、大多数であるということだ。しかし彼は舞台の上空に雲があると恨み言を言うのではなく、晴れの日は雨の日より多いと考えるのだ。週末のグラウンドでの同郷の集まりに出ることは少なくなるか、いっそのこと出なくなる。彼の精力、才知および狡猾さを、神経と普段の仕事に注ぎ、個人と組織、個人と指導者との関係に注意を向け始め、良い鉄を教育と訓練という二本の刀を鍛えるために使う。射撃から戻るときには最後尾を歩き、ほかの兵士が担ぎたがらない標的を肩に担ぐ。隊列行進のとき、自分から新兵の違反動作をただすのを手伝う。週末に時間ができたら工具を担ぎ、中隊長、大隊長の部屋の窓の下を通って、地面に水を撒く。ある日、便所に長年たまったものを片付けるとき、ほかの者は鼻をつまんでいるのに、ズボンの裾をまくって飛び込む。そのため次第に注目されるようになるか、あるいは彼のような軍曹が多くて、大多数の中の一部として注目されるようになる。前者だったら、一年の終わりの総括で、入党までは行かなくても、少なくとも中隊の表彰は受けることになるが、後者の場合は、よくても中隊あるいは指導員から軍人大会で、盛大に褒められ、努力目標を指し示してもらうことになる。努力目標を指し示されるのはとても決まりが悪いことだ。この一年とてもうまくやった、入党したり功を立てたりした連中とたいして変わらないと確信していても、そうであるとは限らない。そうなると彼はベッドに横たわって、だだをこね、仮病を使って、組織にささやかな抵抗を試みる。しかし指導員は兵士の魂を鍛え上げるエキスパートであり、そういうたぐいの連中の思想工作には熟達しており、経験も豊富だ。〈新時期〉、〈新情勢〉、肝心要のこの時に、指導員は彼の両親のように病人食をベッドに運んだりはしない。指導員は通信員を派遣して彼を自分の部屋に呼び、ドアを閉めると、水を一杯汲んで彼に渡し、激怒して恫喝《どうかつ》する。おまえがこんなに意気地無しとは思わなかった、この程度の試練に耐えられないとは。私がせっかく入党養成の対象に入れて、おまえを入党させようと準備していたのに、おまえは仮病を使ってベッドでうずくまっているとは、ほかの幹部や党員や戦士が見たら何て言うだろうな。指導員は彼にたくさんの話をして、最後にドアを開ける。彼は後悔先に立たずでその政治工作のための談話室から出てくる。指導員のテーブルの上、ベッドの上、窓、至るところに彼が指導員に対してした誠実な誓い、ガンガンの保障の言葉が残されている。彼は知らない。この時指導員はすでに彼に対して変えることの難しい正しい評価を下しているのだ。

個人の損得ばかりにこだわり、進歩の見込みがなく、養成の対象にはならない。しかし彼は今回のこの話で、やはりまたもう一年まじめに仕事をやるのだ。

進歩は全体と比べて考えるとおそらく遅く、しかし少しばかり慰めなのは、彼は老兵であるということだ。彼らは名実ともに老兵なのだ。新しい一年目の兵士は、河南、山東、湖北あるいは陝西《せんせい》、甘粛《かんしゅく》、寧夏《ねいか》からやってきて、新兵たちは我知らず老兵たちのために、洗顔の水を汲んだり、足を洗う水を入れたりしてくれる。彼らが新兵だったときと同じようだ。こういう慰めはこんなことから始まる。同じように訓練して戻ってきたある日、部隊が解散してトイレに行って宿舎に戻ってくると、洗顔用の洗面器にお湯が半分入っていて、きちんと畳んだタオルがその中に浸してあるのに気づく。そのお湯がどこから来たか、誰が入れたのかわからない。なんだろうなと不思議に思っていると、班に配属されたばかりの一人の新兵が、実直そうな、懇願するような表情で笑いかけていて、突然それが二、三年前の自分であることに思い至る。すると自分が正真正銘の老兵だということを意識する。新兵に一言ありがとうと言い、そこからは老兵としての生活の味を味わい、新兵の生活のためにあれこれ指図するようになる。日曜日の洗濯では、新兵が服を持っていって洗ってくれる。手紙を書くとき封筒がなければ、新兵が買ってきてくれる。食事が終われば新兵が茶碗を洗ってくれる。その場に幹部がいるときには決してやらせず、強面《こわもて》で彼を叱るが、幹部がいないときには洗いに行かせる。このような生活は遺憾ではあるが、また一種の満足を補ってくれる。また別の方面では、週末のグラウンドでの老兵の集まりがいつのころからかまた始まり、食べるつまみはもう購買部に行って買うことはなく、同郷の食堂の炊事員がいればこっそり食堂から持ってきてもらう。同郷の者が炊事員にいなければ、何かのついでに失敬するか、長い竹竿の先にかぎ針をつけて、窓から差し入れ、アヒルの卵の塩漬けや、豚肉、四川の涪陵榨菜《フーリンザーサイ》、あるいは中隊が自分で作ったニンニクやカラシナの漬け物など、全部竹竿と針金と老兵生活の戦利品となる。もし中隊が豚を一頭殺したら、ゆであがった後に二、三斤の肉を窓から失敬する。これらのことは軍紀を乱す盗みにはならないし、軍営のいたずらにもならず、軍営生活の一種の娯楽と味わいなのだ。集まりの内容も中隊の公平、不公平や、実家の様子がどうだとか、誰それがくっついたとか別れたとかではなく、全員の共同の関心事はただ一つ、将来退役したあと何をするかで、都会の兵士たちはそんなことには無頓着な様子で、心配ない、どうせ民政部が仕事を世話してくれるんだ、と言う。農村の者たちは胸を叩《たた》いて、どんな商売をしてもたいしたカネはかせげないよなと言う。そして散会して、消灯ラッパのあとにベッドに横たわり、漆黒に沈んだ天井を眺めながら、誰もがどうしても寝付けず、みな自分のこれからの本当の人生が心配で、ぼんやりした将来のせいで眠れない。軍校に入る戦友もいれば、功を立てた戦友も、党員になる準備が整った戦友もいる。落ち込み悲しむことから逃れることはできない。宿舎の外の月の光は水のようで、見回り兵の足音が遠くから近くへ、近くから遠くへと響く。外の工場の轟々《ごうごう》いう音ともっと遠くの汽車の汽笛の音が、今夜はこれまでと違って響き、自分が老兵であることを意識したことがないかのように耳に突き刺さる。日中は相変わらず新兵たちと同じように訓練し、同じように生活し、同じように訓練を終え、授業を終え、最後の見張りに立つかの様子で、しかし心の深いところから平和な軍営のその単調で平凡な生活を憂慮し始める。本当に国家の大事に関心を持ち、国際情勢を気にし始め、『参考消息《ニュース》』を枕の下に置いて検討、研究し始める――一言で言えば名誉心が雄叫《おたけ》びを上げ心の中で膨れあがるのだ。戦争を渇望するようになり、戦争で名誉を得ることを渇望するようになるのだ。老兵になるまではそんな戦争への親近感や渇望を持ったことはない。戦争への幻想は平凡な日常への武器になる。戦争で突撃し陣地を奪い、功を立てることを望むのだ。戦争で価値あるものを勝ち取り、いつの日にかこの軍営に戻って部隊を指揮し、いつの日にか軍官として故郷に錦を飾りたいと希望するのだ。『参考消息《ニュース》』はいつも平々凡々で、国際状況には何の変化もない、そこで今度は国内に何か突発的な事件、たとえば地震や洪水への救援活動がないか期待する。精神的渇望の中で生存しながら、平和な軍営生活の中で摩耗し、冬から春、春から初夏になる。『解放軍報』や軍区（あるいは兵種）の小さな新聞には、いつでも救援活動で功を立てたニュースが載っていて、それを一字一句逃さず読み、悪人と格闘して功を立て、幹部に抜擢《ばってき》されたニュースや通知は二回読む。上級機関が悪人と格闘した英雄の報告団を組織し軍営にやってきて報告する。演台の下で座って話を聞いているとき、みんな両手に汗を滲《にじ》ませる。報告会のあと指導員が一人一人に感想を書かせるが、老兵の三分の二は一言か二言——彼らに学びます——しか書けない。しかしチャンスはどこに？——英雄になりたくないわけじゃない、天が英雄にならせてくれないのだ。

真夏になり、毎晩のニュースのあとの天気予報では、南方の省では大雨や暴雨で、北方の省ではどこかの川が洪水で氾濫《はんらん》して、現地の軍民が救援活動を行っていると毎日のように伝える。そこで、手ぐすね引いてうずうずするようになる。訓練ではずっと顔を上げて天を望む。夜中寝ているときでも突然起き上がって天空を仰ぎ見る。ほかの省では多くが梅雨の季節に入る。長江の堤防の危険な状態は雨後の竹の子のごとく発生する。全国の大きな新聞も、小さな新聞も、ラジオも、テレビも、毎日軍民が手をつないで洪水に立ち向かう先進的な事績を報道する。しかしここでは、日は出て日は沈み、月星が輝く。九月の末に三日雨が降り続くと、数十名から百名の老兵たちが自発的に集まり、二十里外の小さなダムに救援に行くと、ダムの管理人から思いがけず、なにが洪水救援だ、上流は半年カラカラ天気で、ダムの水は町の人たちのひと月分にも足らないという話を聞かされる。意気揚々、息せき切って行き、がっくり肩を落として帰る。軍営に着くと上級機関からの緊急命令を受け取る。部隊は戦闘準備状態に入る、黄河、海河、淮河《わいが》、黒河、白河、伊河あるいは長江、嫩江《のんこう》、黒竜江、松花江やヤルンツァンポ川にいつでも救援活動の任務につけるよう待機する。狂おしいほど感動に打ち震え、毎日毎夜極度の興奮状態。リュックは毎日、毎朝起床と共に枕元に置く。水筒、ツルハシ、軍用の丸い鍬《くわ》はベッドの端に立てかける。ワイヤー、縄、麻袋は倉庫の中に、すでに各中隊に配分され、各中隊は各小隊に配分し、一言号令がありさえすれば、汽車や列車に積み込む手はずになっている。心の糸がピンと張りきる。手のひらはいつも汗ばんでいる。喉元が緊張して、いつも大声で叫びたい欲望がある。平日道を歩いているときには、木を蹴飛《けと》ばすか路傍の石ころを空に向かって蹴り上げる。こうして一週間、半月、ひと月、二か月待つ。時間はナイフのように喉元を掠《かす》めていき、最後の最後ついに、全国、全軍の洪水救援活動は終熄《しゅうそく》する。

雨期は終わる。

冬が来る。

また次の新兵が入隊し、老兵は退役の手続きを始める。俗に言うところの、軍営は鉄のごとし兵士は水のごとしで、全員退役を宣告される。削減再編で、この支部を解体し、どこかに委譲しなくてはならない。兵営自体も地方のどこかの倉庫あるいはどこかの会社の家族宿舎として引き渡されると噂《うわさ》が伝わる。もう一年期間を延ばして服役するつもりだった兵士の計画は夢と消える。志願兵に移るという考えも浮かんでこない。みな心の中にわけもない怨《うら》みを抱いて公然と食堂から酒の肴《さかな》の肉や野菜を盗み、購買部でビールを何本か紐《ひも》で縛って、グラウンドの端へ提げていく。白酒《パイチウ》を飲んではならないと再三命令が下されているが、老兵の歯磨き用の缶には白酒の匂いがプンプンしている。飲み終わったら酒の瓶を道端に投げつけ、グラウンドや閲兵台に投げつける。酔っ払うと、ひとしきり涙と鼻水を流し、閲兵台のところで指導者が閲兵するまねをし、戦術訓練場で、戦争中両軍が対《たい》峙《じ》している子供劇を演じる。もともと内心深く陰謀の計画を隠し持っているが、退役のその日、襟章と帽章をはずす大会で、思う存分鬱憤《うっぷん》を晴らすつもりだったが、襟章と帽章をはずしたあと、軍歌と戦友を送る音楽の中で、熱い涙があふれてくる。中隊の宴会の席で酒の力を借りて大騒ぎする計画を立てるが、中隊長、指導員そして中隊全体の幹部が一列に並んで、老兵たちに向かって一斉に敬礼をし、一斉に頭を下げて言う。戦友たち、兄弟たちよ、三年の時間を共にしたが、戦闘はなく、また塹壕《ざんごう》も千日余り昼も夜も君たちを待ち続けて終わった。部隊は君たちが大人になってからの故郷、兵営は君たちの人生の家だ。我々幹部は君たちの父母兄弟だ。君たちには兵営を、中隊を、戦友と過ごした三年間を忘れないでほしい。

全員頭を抱えて号泣する。

また会えるかなと言う。

軍服を着ている者が言う。会える。商売するときは部隊に来るといい。

軍服を脱いだ者が言う。会えるよ。いつか本当に戦争になったら、俺たちまた軍服を着て塹壕に行くかもしれないだろ。

そうして退役する。何事もなかったかのように行ってしまう。

さっさと行ってしまう。あっさりと、淡々と。

それぞれ家に帰る。行っても空《むな》しく、戻っても空しい。

村の退役軍人が村はずれに姿を現す。彼の故郷には何も大きな変化はない。同じようなボロ家、同じような道、道にはやはり鶏や犬が駆け回っている。昼時の牛の鳴き声まで、みんな全部これまで通り黄土色をしてゆっくりと田畑の上を流れている。ただ一つ変わったのは彼自身で、出発するときには唇の上にうぶ毛が生えていたのが、戻って三日剃らないと真っ黒で、刈り取ったあとの豆畑のようだ。わかっている、彼は結婚しなくてはならない、結婚して子供を作らなくてはならない、子供を育てるため生活の重荷を背負わなくてはならない。都会の退役軍人は都会に戻って、道路が広くなり、高いビルが二つ増え、レイオフされた労働者が通りに出した屋台のことで争っているのを見る。ほかの通り、ショッピングセンター、人の流れ、車、広告板、ネオンサイン、公園、樹木、交差点、インターチェンジは、どれも入隊前とほとんど同じで、質的変化はない。仕事に配属されるまで、家に閉じこもり、両親、兄嫁は贈り物を買って、彼を自分の次の一歩のために外に出させようとするが、煩わしそうにそれらの贈り物をベッドに放り投げると、どんな仕事に配属されてもいい、今日出社して明日クビになってもいい、配属されなくてもかまわないと言う。どうしてどうなってしまったのか誰もわからず、どうしてそうなったのか、きくこともできない。家で待っている日々は、本当に耐えがたく、自分で仕事を探して、会社の臨時警備員になるか、あるいはレストランで皿洗いをするか、はたまた通りのどこかで果物の屋台を出す。彼らは成長した。真に自分の独立した人生を始めたのだ。もともと退役する前にみんなアドレス帳を買って、都会や農村、東西南北いろいろなところから来た戦友たちと、お互い住所や電話番号を交換し、家に帰ったらすぐに連絡するからと言うのだが、誰も誰にも手紙は書かないし、誰もほとんど誰にも電話したりしない。しかし彼らは親戚や友だちや二、三歳下の連中が幼く子供っぽく見えるとき、その親戚や友だちに言うのだ。いっぺん兵役に行ってみなよ。あそこは人間を成長させるにはもってこいのところだよ。

思想政治工作

季節は夏、気温三十八、九度。指導員の心は熱く燃えたぎり、彼の心の中に鉄筋や針金を放り込むと、鉄筋も針金も煮えて春雨になってしまいそうだった。

麦が熟す。中隊では三日続けて八人の兵士へ九通の電報が届いたが、母親が病気でなければ父親が重病、あるいは、家を建てなくてはならない、お祖母《ばあ》ちゃんの八十歳のお祝いと、こんな感じで、すべて指導員に休暇を求めるものだ。指導員にはわかっている、戦士たちは麦刈りのために家に帰りたいのだ。しかし、上級機関は規定で明文化している、特殊な状況でなければ、各中隊幹部、戦士が一律に休暇を取って家に帰ることはできないと。幹部は休暇を申請できないと言ったら申請できない、幹部なんだから手本を示さなくてはならないのだ。戦士はそれにもかかわらず家から続けて中隊に手紙を書かせ、電話をかけさせ、電報を打たせ、まるで目の前が窓ガラスとはっきりわかっているのに、雀が光に向かって飛んでいくようだった。まったく困ったものだ。思想政治工作は季節性の試練に遭遇する。毎年この季節には、電報や手紙が雪のように中隊に飛んでくる。この季節になるのは各中隊指導員にとって試験場に入るのと同じだった。もし今月中隊に休暇を申請する者がいなければ、指導員の思想政治工作は合格だと言える。しかし、中隊の小牛《しょうぎゅう》は本当に特殊な状況で、この日の昼、一度に三通の電報が指導員に渡された。一通は先週来たもので、母親が入院した、戻ってきてほしい。二通目は一昨日来たもので、母親危篤、帰れ。三通目は今日来たもので、母親の病状はなく、早く帰れ、早く帰れ、早く帰れ、だった。小牛は町に行って家に長距離電話をかけた。電話をかけたのは近所の家で、そのご近所さんは言った。お母さんはもう亡くなったよ、村の人たちはあなたの家の前に霊棚（棺を安置する臨時の掛け小屋）を建てたよ、あなたはどうしてまだ上の人に休暇を頼んでいないんだい？

小牛はあられもなく泣いた。母親は五十九歳で、もう一か月で六十だった。死ぬには早かった。早過ぎた。病気は肺癌《はいがん》だった。肺癌は年の初めに見つかったが、たった半年で、あっけなく死んでしまった。指導員に休暇を申請に行ったとき、小牛の目は真っ赤に腫《は》れていた。彼の目が赤く腫れているのを見て、指導員は彼の母親が本当に死んだと断定した。あの三通の電報は嘘《うそ》ではなかった。もし嘘の電報なら、小牛は涙を落とすはずもない。涙は出てこない。せいぜいほかの老兵に倣って、一日ベッドで布団をかぶって、意思表示するくらいだ。指導員はベッドに座り、三通の電報をテーブルに並べて眺め、目の前に悲愴《ひそう》な面持ちで立っている小牛を見て、厳しい表情で彼を叱《しか》って言った。おまえという奴は、どうして今頃になって申請にくるんだ。最初の電報が来たときに、私のところに持ってくるべきだったんだ。持ったままでどうするつもりだったんだ？　積極的であるふりをしなくてもいいじゃないか？　部隊には明文化した規定があり、中隊には休暇を申請する者が多いとしても、お母さんは癌を患っていたんだ、家に看病しに帰るべきだった。お母さんのベッドの横で、水を汲んであげ、薬を飲ませてあげ、少しでも孝行を尽くすべきだったんだ。それをおまえは――今頃になってやってきて。本来ならおまえのお母さんが生きている間に戻って顔を見て、お母さんと最後の話をすることができたのに、こんなことになってしまって、もうお母さんと話をできなくなってしまったんだ。まったく、おまえという奴は、どうしてこんなにバカなんだ、どうしてこんなに親不孝なんだ？　小牛は授業では泣き声を押し殺し、洗面所で顔を洗ってから指導員のところに行けば、指導員の面前で悲しみを抑え、息もできないほどの悲しみのせいで指導員の質問にも答えられず、電報や母親の病状や、休暇を申請する意図をはっきり言えないようなことはないだろうと思っていた。思いがけず、指導員はその三通の電報の打たれたいきさつについてきくことはなく、真っ正面から休暇の申請に来るべきだった、母親に孝行すべきだったと彼を叱ったのだ。これに小牛は後悔を感じると同時にまた暖かみを感じ、いつもは厳しい指導員が兄と同じような、おじさんと同じような、本当の兄、本当のおじのような感じがした。それで、すぐに悲しそうに泣き始めた。大声を上げて悲しむのではなく、洟《はな》をすすりながら両肩を震わせ、顔は真っ青で、青い柿のようだった。

小牛は今年の新兵で、山東省沂蒙《ぎもう》の出身で、先月十八歳の誕生日を迎えたばかりだった。背はあまり高くなく、小太りで童顔、目が少しくぼんでいて、泣いていると涙はまず目の下の頬《ほお》の上の窪《くぼ》みにたまって、一杯になるとあふれて頬をすっと流れ落ち、湖の水が堤防の裂け目から一筋流れ出したら収拾がつかなくなるかのようだった。指導員は彼を責めなかった。指導員は言った。泣け、大声で泣け、思いっきり泣いた方が気が落ち着く。おまえが間に合わなくなってから休暇を申請しに来たのは、指導員である私が信頼できない、思想政治工作が信じられない、中隊の党支部が信じられないということだ。まさか特殊な状況がないと休暇は認めないと上が戦士に規定しているから申請しに来なかったわけじゃないだろうな？　おまえの母親が癌を患っているというのが特殊な状況ではないと？　指導員は立ち上がると物干しの自分の洗顔タオルを取り、洗面器のきれいな水につけ、固く絞ると小牛に手渡して言った。さあ、顔を拭くんだ。私はおまえの田舎に行く汽車が八時三十分発だと知っている。切符は手に入りやすいから、慌てなくていい夜私がおまえを送っていく。小牛がタオルを受け取り顔を拭くと、指導員はタオルを受け取り、洗面器の中で洗ってまた固く絞り、小牛の目の前のテーブルの上に置いた。それは小牛に泣くだけ泣かせ、心の中の悲しみを全部吐きださせ、自分を責めさせないようにするためだった。ところが小牛はそのタオルをチラッと見ると、もうそれ以上泣くのを止め、入ってきたときのようなひどく悲しんでいる様子ではなくなった。小牛の悲しみが落ち着いたのを見て、指導員は小牛にお茶を入れ、彼の前に置き、背もたれのある椅子《いす》を彼の尻の後ろに動かした。指導員は言った。座りなさい、お茶でも飲んで。

小牛は座ったが、お茶は飲まなかった。

その時、時刻はちょうど昼休み中だった。兵営の中は静まりかえっていた。各中隊小隊はみな宿舎の中で横になっていて、蟬《せみ》だけが兵営の軒先や道端のキリの木の上でずっと鳴いていた。小牛はもう泣いていない。指導員の部屋の中には逆に身の置き所のない静寂な空気が漂った。テーブルの上のお茶は、茶の葉が開き、浮かんでからゆっくりと沈んでいく。茶の葉が沈んでいく音が聞こえそうだった。指導員はそれ以上話はしなかった。小牛は逆に少し不安になって、両手を膝《ひざ》の上に置いて何かを待っているかのようだった。もう休暇を申請したいと言う必要はない。すぐに出発すると言う必要もない。残っているのは、何日間家に帰るのか、いつ家から部隊に戻ってくるかだけだ。新兵とは言っても、自分が部隊に休暇届を出す手順については少しは知っていた。指導員は起床ラッパが鳴り連隊の機関組織が正式に動き出すのを待って、連隊の軍務組織に電話をかけ、きちんと話してからさらに文書係に休暇申請届の報告書を送り、軍務集団長がその報告書にサイン、捺印《なついん》し、軍人通行証を発行し、電話で中隊に通知し、文書係を通して通行証と休暇届申請報告を軍務集団から中隊に取ってきて、休暇申請報告を中隊に登録し、軍人通行証を申請人の手に渡し、それでやっと手続きがひと通り終わるのだ。しかしこの一連の手続き、段取りが昼休みの間に終わることはなく、小牛はこれを機に宿舎に戻って荷造りして、すぐに出発できるように準備するのだ。しかし小牛が行こうとしたとき、指導員は湯飲みを撫《な》でると、飲みなさい、冷めてしまった。そしてまた言った。小牛、私はさっき気持ちが高ぶってしまい、きつい言い方をしてしまったが気にしないでくれ。心にとめるんじゃない。小牛には指導員の言葉のどこがきつかったのか、どこが間違っていたのかわからなかった。さっき指導員が彼を叱った一言一句すべてが、傷を負ったときに傷口をそっと撫でてくれる指のようで、彼はやさしさと暖かみを感じていたのだ。しかし指導員はこの時、恥ずかしくてたまらない、小牛に対して申し訳ない顔で、取り返しの付かないことをしてしまったかのようだった。小牛はわけがわからずゆっくり顔を上げると、指導員を横目で見た。学校の試験のときで明らかに間違っていないのに安心できない数学の答案を見直すとき、プラス記号、マイナス記号、数字、小さいところまで詳細に見るような感じだった。指導員は長いため息をつくと、ベッドの上のお尻を少し動かして、降りていた蚊帳を高いところにかけ、体を戻し、顔を戻すと言った。よく考えてみると、私は小牛、おまえを叱るべきではなく、褒《ほ》めてこそやるべきだったのだ。おまえはちょうどいいタイミングで休暇申請をしに来ず、家に戻って生きた母親に会う機会を逃してしまったが、それは中隊のため、中隊の建設のためなんだ。もし中隊の訓練が、八・一建軍節の師団、連隊クラスの閲兵式を迎える準備で厳しいときでなかったら、申請しに来たんじゃないのか？　私にはわかっている、おまえは部隊建設のために来なかったんだ。おまえが新兵としてこの中隊に配属されてきてから、私はおまえがほかの新兵とは違うと感じていた。しかしおまえのどこがみんなと違うのか、はっきりとは言えない。二か月前の日曜日だったか、あの日は曇って雨が降った。午前中はまだ日射しが降り注いでいたので、みんな敷き布団や掛け布団、シーツを宿舎の前に干していたが、昼御飯前に天気が急変して雨がバラバラ降ってきて、誰もが争って自分の布団を宿舎に片付けたのだが、おまえはそうしなかった。おまえはまず外に出て中隊にいない戦士の布団を片付けてから、自分の布団を片付けたんだ。もちろんこれは小さなことで、忘れようと思えば忘れられるが、覚えておこうと思えば覚えていられる。おまえがこのことを覚えているかどうか知らないが。指導員は静かに穏やかに話しながら、視線は前に向け、壁と向き合っているようでもあり、小牛に向かい合っているようでもあった。小牛にたずねているようでありながらも、たずねる意図はなくただ話しているかのようで、彼はそこでちょっと話を止めた。物語の大切なところまで来たかのように、聞いている人をハラハラさせ、後味を味わわせ、さらに精神を集中させ、視線を、注意力を、手の力を、すべて彼の顔と彼の声に集中させた。小牛は本当に講談を聞いている子供のように、体をねじって顔を上げ、目は指導員の顔に向け、さっき泣いて青ざめていた顔色は、この時にはピンク色になっていた。その薄いピンク色は、恥ずかしそうな感じだった。唇をとんがらせ、動かして、まだ覚えていると言おうとしているか、はっきり覚えていないと言おうとしているかのどちらかのようだったが、指導員がたずねているのか、それとも単にここで一息入れただけなのか確信がないかのようだった。そこで、彼はまるく分厚い唇を、ただモゴモゴ動かすだけで、まだ話をする前に、指導員は続けて話を始めた。指導員は言った。おまえはもう忘れているかも知れんな、小牛、でもこの指導員の私は忘れていない。あの時私はおまえの後ろに立っていたんだ、おまえはまず他の人の布団を入れてから、自分の布団を入れたんだ。その結果、おまえの布団は余計に雨に濡れてしまった。もちろん、これも小さいことで、言うほどのことでもない。しかしおまえがそうして、私はそれを見て、指導員として覚えておくべきだと思ったんだ。事は大きくないが、これはおまえがほかの戦士とは同じでなく、自覚があり、利己的でなく、自分のことよりも人のことを先にするということを説明している。まず天の憂いを憂い、のちに天の楽しみを楽しむのだ。さらにもう一つ、これはおまえにも忘れられないはずだが、先月中隊は野菜を育てるのに肥《こえ》だめから肥を担いで運んだが、運び終わって、肥だめが空《から》になって、畑はまだ半分肥を撒《ま》けていなかったので、中隊の数名の戦士が肥だめの中に飛び込み、底で乾き、固まっている肥を外へ取り出した。ほんとに汚くて臭い仕事で、農民か雷鋒《らいほう》（一九四〇—一九六二、湖南省生まれ。人民解放軍の模範的戦士）でないとできないことだ。そこで、私は便所の一方に立って詳細に数えると、肥だめに飛び込んだのは五名いた。その五名の中におまえがいた。ほかの四人には、老兵もいれば、新兵もいて、彼らはみな入党申請書を書いている。彼らが肥だめに飛び込んで肥を掘ったのが入党のためだとはいえないし、戦士たちの入党の動機を不純であるとか、彼らの努力には別の目的があるとかと言うことなどもっとできない。しかし結局、あの時おまえ一人が入党申請書を書かなかったことで、私におまえを別の目で見させ、おまえの態度にはまったく目的がなく、個人の利益を求めているのではなく、完全に道徳的品性からくるもので、完全に自らの内心から出ているもので、体を流れている血液そのものの気高さと純血から来ていると感じさせたのだ。さらに今回の休暇申請だが、来たばっかりの手紙に、家が田んぼに水を入れる当番になったとあったら、すぐに中隊に休暇申請をしにくる奴もいる。ほかにも姉さんが自転車で転んで腕を数針縫ったからと休暇申請しに来る奴もいる。もっとひどいのは、入隊する前にお祖母さんが病気で亡くなっているのははっきりわかっているのに、お祖母さんが危篤だから早くお祖母さんに会いに帰ってこいと偽の電報を打たせる奴もいる。父親は風邪なのに急病だと電報を打たせ、休暇申請する奴もいる。ここまで話すと、指導員は少し腹立たしくなったようで、口調が早くなり、平静だった表情は憤慨して黄色がかった白に変わり、ヒクヒク引きつり、引き出しを開けて、一ダースの電報と小牛の三通の電報を一緒に取り出すと、投げてテーブルの上に並べた。まるで、それらの電報を投げつけ、醜さを日の光に晒《さら》せば、指導員の怒りが半分になるかのようだった。彼はそのテーブルの電報を見ながら言った。お茶を飲みなさい、小牛、お茶が冷めてしまった。いい茶葉だ、おまえの田舎には茶の葉は育たないだろう、このお茶を味わってみてくれ。そしてその湯飲みを持って小牛に手渡した。小牛は喉《のど》は渇いていなかったので、お茶を飲みたくなかったが、指導員が一口飲んで味わってみてくれよ、私の田舎の毛尖《もうせん》だと言った。私の妻——ああ、おまえはまだ私の妻には会ったことがなかったな、妻は忙しいのが一段落したこの時期休暇で中隊に来るんだが、おまえたち山東人は水餃子が好きだから、妻が来たときには水餃子を作らせることにしよう。指導員は一口飲んで味わってみてくれと言ったときには、声が高くなって、少しきつい感じで、父親が偏食の息子を叱っているようだった。妻に隊まで来させて小牛のために水餃子を作らせると言ったときには、調子は緩《ゆる》やかで声は低く、母親が偏食の息子に、食べなさい、これを食べたらあれを作ってあげるからというような感じだった。小牛が指導員のその真情に動かされないわけがなかった。彼が一人で指導員の部屋にやってきたのはこれが初めてだった。指導員は初めて彼と一対一で膝をつき合わせて話をしてくれたのだ。小牛は湯飲みを持って、一口お茶をすすった。お茶の葉っぱが二枚口に入った。お茶は苦くて渋く、家で飲んだことはあったが、茶葉の善し悪しについてはわからなかったし、おいしいかおいしくないか、あるいはあまりおいしくないかのうちのどれかもわからなかった。口の中でその二枚の茶葉を咬《か》んでいると、子供のときに田んぼで摘んだ甘みのある草の根のようで、指導員がテーブルの上の電報を取って一ダースの電報は引き出しに戻し、彼の三通の電報だけテーブルのカレンダーの下に置くのを見ていた。この時、起床ラッパがまた鳴った。蒸し暑いときに、その濁った厚い音は一群の野牛のもののようで、指導員の建物の前後を走り抜けていった。指導員は窓を押し開けると、外の見張りの兵士に向かって言った。文書係が街から帰ってきたら、すぐに私のところへ来させてくれ。見張りの兵士が窓越しに、指導員に向かって気をつけをして、はいとこたえると、指導員は窓を閉めた。小牛、行かなきゃならないときには行かなくちゃだめだ、文書係が戻ってきて休暇申請を報告しても遅くはない。お母さんが亡くなられたのに、おまえの休暇申請に同意しない者などいない。大隊だろうが、連隊だろうが、先に帰って、あとから休暇申請しても同じだ。いつも中隊の利益を一番にするんじゃない。集団の利益は重要だが、個人の利益も同じように大切だ。実際、集団の利益も無数の共同の個人の利益で成り立っているのだから、一つの集団がいつも個人の利益を害することを基礎にしていたら、その集団の利益も必ずや害されることになるだろう。指導員は続けた。私はほかの政治工作幹部と見方が違う、あるいはちょっと違うかも知れない。私は集団の利益を守らなければならないが、まず戦士たちの正しく、合理的な個人の利益を守らなければならないと思っている。行くべきだから行くんだ、中隊の最近の仕事が差し迫っているとかいないとか、八・一建軍節の閲兵式で中隊が一人少なくなることでポイントが減点されることなど気にすることはないし、ポイントが減点されると中隊の栄誉が少なくなると気にすることなどもってのほかだ。中隊が今回の閲兵式でビリになって、連隊で私の思想工作が不適格だと批判されても、おまえは休暇を申請しないわけにはいかないのだ。中隊長——は知ってるかな？　去年中隊長の父親が病気で亡くなったんだが、ちょうどその時は老兵は退役し、新兵が入ってくるときにぶつかって、私は政治工作理論学習班で勉強していたんだが、この時中隊長は家に帰らなかった。退役の仕事が終わって、中隊は退役工作の模範と評され、大きな問題も小さな問題も起きなかったんだが、あとで中隊長は父親の死に目に会えなかったこと、家に帰って父親を弔ってやれなかったことを話し始めると、涙をとめどなく流していた。指導員は言った。小牛、私にはおまえがほかの戦士とは違うとわかっている、おまえはいつも他人をおもんぱかり、集団の利益のことばかり考えているのだ、その心の荷物を下ろして、軽やかな気持ちで家に帰ってくるんだ。人は死んだら、生き返らない、しかしおまえが帰れば、お父さんやお兄さんやお姉さんたちにとっては慰めとなるし、それで我々の部隊が、規律が厳しく優れた伝統を持っているだけでなく、十分人道的であると説明することができるのだ。ここまで話して、指導員は自分のためにお茶を入れようと立ち上がったとき、小牛の湯飲みには、茶葉だけしか残っていないのに気がついた。話にばかり夢中になって、小牛がいつお茶を飲んで、いつ飲み終わったのか見ていなかった。小牛は小牛で話を聞くのに一生懸命で、自分がいつお茶を飲んで、いつ飲み終わったのかわかっていなかった。二人とも没我の境地で、先生と生徒のように、あるいは講談師と熱心な客のように、授業終了のチャイムの音も忘れ、劇場の中で外の喧噪《けんそう》を忘れていた。指導員が小牛の湯飲みにお湯を足そうとすると、小牛の顔は赤くほてって光り輝き、人に褒められた幸福感と羞恥心《しゅうちしん》が、美しい光が当たる新婚の窓にかかった赤いシルクの布のように透き通ってきれいになり、集中していて我を忘れていた。そこで、指導員は微動だにしない彼の手から湯飲みを取ろうとしたが、その時、小牛はハッと我に返ると言った。指導員、私が入れます。指導員は言った。おまえは座っていなさい。小牛は言った。私がやります、私がやります、指導員にお茶を入れていただくなんて。指導員は少し怒って、待ちなさい、と言い、右手に魔法瓶を持ち、魔法瓶の口を窓の方に斜めにして、大声で言った。小牛、おまえって奴は、まったく、私をこの指導員をなんだと思っているんだ？　どうして私がおまえにお茶を入れてやったらいけないんだ？　どうして指導員である私の入れたお茶を飲めないと言うんだ？　まったく腹の立つ奴だ、まるで指導員の私が地主か官僚みたいじゃないか。指導員とはなんだ？　指導員とはすなわち、故郷を遠く離れ、北から南から一つの方向を目指してやってきて、新たに家族を結成し、この大家族の中で誰が両親かといったら、指導員こそがみんなの父であり、母であり、兄弟姉妹はと考えたら、指導員こそがみんなの兄であり、姉なのだ。そしてここでまたたずねる。私が入れたお茶を飲むくらいが何だ？　お茶も入れさせないと言うのなら、私の妻が隊にやってきて、みんなのために餃子を作らせたときもおまえは食べないのか？

小牛は間違ったことをしたみたいに、また腰を下ろした。

指導員は酒を注ぐように小牛の湯飲みにお湯を注いだ。注ぎ終わって離すときに、魔法瓶の口から二滴のお湯が小牛の膝の上にこぼれ落ち、指導員はちょっと驚いて、急いできいた。熱くなかったか？　昼御飯の前に入れたお湯だが。小牛は膝の上をちょっと揉むと言った。熱くありません、何でもないです。指導員は魔法瓶の口に触って熱いかどうか確かめ、タオルを持って小牛の膝を拭くと、魔法瓶を元の場所に置いた。小牛は指導員が自分のタオルを使って彼の膝を拭いたとき、かっと熱くなり慌てて止めようと思ったが、またさっきみたいに指導員を怒らせたらと思うと、手は宙で固まり、両手を伸ばして母親におめかししてもらっている子供のようになった。しかし彼は子供ではないし、指導員も彼の母親ではない。彼の母親は昨日この世を去ったのだ。指導員の厚意が彼の母親への回憶を呼び覚ましたのか、指導員の行為が母親の温もりを感じさせたのかはわからない。指導員が彼の膝を拭いた動作は自然で、自分の膝の上に落としたおかずを拭き取るようだったが、小牛はまた泣いた。暖かい流れが、胸の中から湧いてきて、涙が目の縁に浮かんだのだ。これで、指導員が洗面器にタオルを入れ、小牛に手渡すのは三回目になった。

指導員は言った。ほら、しっかりするんだ、やさしい、いい子だ、おまえは。でもおまえがこう何度も泣くのを見たら思うのだが、どうやって家に帰るんだ？　どうやって家に帰ってどうやって戻ってくるんだ？　そう言い終わると、腕を伸ばして腕時計を見て、少し黙って計算してまた言った。時間は間に合う、もうちょっと待って文書係が戻ってこないようだったら、帰る準備をしに行くんだ。戻ったらおまえのお父さん、お兄さん、お姉さんによろしく伝えてくれ。霊前に跪《ひざまず》くときには、指導員、中隊長そして我々中隊の代わりにお母さんに頭を下げてくれ。教科の時間は自分で管理して、家のことが終わったら、できるだけ早く戻ってきてほしいが、どうしても抜け出せなかったり、もう数日家にいたいと思ったら、いたらいい。行ったら行ったで、家をしっかり落ち着かせるんだ。中隊のことは気にするな。中隊が家のようで離れられないものだからといって、中隊のことばかり考えてはだめだ。中隊は中隊、家は家だ。一人の戦士は主体的に中隊に対する感情を育てなくてはならないが、しかしこのような時にではない、父親や母親がこの世を去るときにではない。一人の戦士は中隊を家とし敬愛しなくてはならないが、しかし一人の戦士が内心で家や両親のことを思うことも、尊重し理解しなくてはならない。指導員は言った。小牛、泣くんじゃない。そう、泣くんじゃない。ほら、もう子供じゃないんだ、おまえはもう解放軍の戦士なんだ、強く、事に当たっては恐れず、驚くようなことにぶつかろうとも心を乱さず、苦しいときにもしっかり持ちこたえ、楽しいときにも、平常心を保つことを学ばねばならない。小牛、私はおまえに一つの任務を与える。家に帰ってから、父親に対してはもちろん、お兄さんやお姉さんがどんなに悲しんでいても、おまえは悲しんではならない。おまえが家に帰ったときの任務は、一つは母親の弔いに参加することで、もう一つは、最も最も重要なことで、それはすなわち、家族の人たちの悲しみを消し去り、彼らに再び生活に対する情熱と美しい人生への信念を打ち立てさせることだ。もしおまえが家に戻って父親にさらに大きな悲しみを与えるようだったら、私はおまえの休暇を許可して家に帰らせることはできない。三点覚えておくんだ。簡潔に言う。一、おまえはもう子供ではなく、一人の軍人である。軍人は強くなくてはならない。二、母親が亡くなったのだから、おまえはこれまでにもまして父親に孝行し、両親二人に対しての愛情を、すべて父親一人に捧げ、お父さんの晩年が幸せになるようにしなくてはならない。三、家に帰るときには最も良いお土産を持って帰ること、それはお金でも物でもなく、慰めである。たとえこう言おうが、ああ言おうが、私はこう言うのが合っているのかどうか、適切なのかどうか、おまえの感情を傷つけたのかどうかわからない。ここまで話して、指導員は意図的に長い休みを置き、視線を小牛の顔に落として、明らかに間違いなく彼が次に言い出すであろう言葉を、小牛の意見を求めた。小牛は指導員の顔を見ていた。小牛は初めから最後まで指導員の顔を見ていて、生徒が先生の授業を聞いているようなときもあれば、息子が父親の説教を聞いているようなときもあり、またリスナーがラジオの連続小説の番組を聴いているようなときもあった。この時、小牛は年長者が年下の少年を諭しているかのように、また兄が遠く外へ出ていく弟に親切に言い聞かせているかのように聞いていた。小いないような、熟していないような、熟しているようで熟していないような、熟しているようで熟していないような、赤くみずみずしく丸々と実った柿のようだった。誰もが好きな国光リンゴだった。彼の目は定まって、顔色は輝き、もともと膝の上で広げていた両手は、すでに拳《こぶし》を握っており、何か考えが決まり、馬に乗り出征する準備が整ったかのようだった。小牛の表情から、指導員には自分が完全に言おうとしていた話をすることができるとわかった。さらに指導員に話させるように、小牛は指導員に向かって軽くうなずいた。ここに至り、指導員は自分の前の湯飲みをテーブルの向こうに押しやり、大きな声で言った。小牛、私はおまえが怒ろうが、おまえが苦しもうがかまわんが、おまえの父親が苦しみから抜け出せないことを恐れているのだ。はっきり言おう、お母さんは五十九歳でこの世を去り、もうひと月あれば六十歳になれたが、この年齢は確かに少し若すぎる。人は六十歳になる前に死んだら、残念なことに、まだ老人になっていないのにと可哀相《かわいそう》に思われる。しかし六十歳を過ぎると、人の心は容易に受けとめることができる、六十歳は老人で、五十九歳はまだ老人ではないかのように。だからだ、中国の伝統的習慣では、人は六十を過ぎたら、弔いもめでたいことに、葬式もお祝い事になるのだ。農村、特に北方の農村、たとえばおまえの故郷の山東省では、六十歳以上だったら死ぬことを喜喪と言う。おまえのお母さんは六十歳に足りないとは言っても、たった一か月だけだ。そこで、太陰暦の誕生日をそのまま太陽暦に移し替えるんだ――今では農村でも多くの人が太陽暦で誕生日を祝うだろう。こうしたらおまえのお母さんもちょうど六十歳だ。私はおまえの個人調書を調べた。太陽暦だとおまえのお母さんは六十にはもう数日必要だ。太陰暦の誕生日で計算すると、六十は越えているから、喜喪にすることができる。この角度から問題を考えて、葬式を行うんだ。この角度からお父さんやお兄さんやお姉さんにこのことを勧めれば、おまえは慰めを家に持ち帰ることができ、私が言った三か条をしっかりやり遂げることができる。ここまで話すと、指導員は言うべき最後の話をしたかのように、小牛を横目で見た。彼は最初のように悲しんでおらず、さっきのように顔を赤くほてらせてもおらず、両手で握り拳を作り興奮している様子もなかった。今、彼は静かに、片方の手でまたお茶の半分入った湯飲みを持ち、湯飲みの手は膝の上に置いて、もう一方の手は、自然に四本の指を軽く曲げ、親指は人差し指の前に置いて、拳を握ろうとしているようでもあり、手のひらを広げようとしているようでもあった。彼がリラックスしている様子は指導員を感動させた。父親のように兄のようにいろいろ話したことが、彼を悲しみから抜け出させ、自然でリラックスした状態にしたのだ。彼のリラックスした様子を見て、指導員は体を動かし、ベッドの上で小牛と同じようにリラックスした姿勢になると、そっと、ゆっくりとまた、小牛、と声を掛け、小牛に頼みたいことがあるような様子で言った。私に一つ考えがある。

計画じゃない、突然思いついた臨時の方法だ――今、中隊には家に帰りたい者が多いが、おまえのように、母親が重病になって電報を受け取ったのに中隊に申し出ず、組織を煩わせないとは言わないが、組織に少しでも迷惑をかけないようにする覚悟がある者は少ない。だから、私は突然方法、段取りを思いついたのだ。おまえが出発する前に、中隊の晩御飯におかずを何品か追加しておまえを送る。部隊が集合したら、私が全員の前でおまえの事績を話し、それからおまえは私の話が終わったら、みんなの前で自分の考え、感じたことを話して、偽の電報を打って休暇申請する連中をちょっと教育してやるんだ。小牛、ほかのことは言わなくていい、最初と二通目の電報を受け取ったのに中隊に休暇届を申請に行かなかった本当の考えを、中隊に対して思っている本当の考えを、一つ残らず全部話してくれればいいんだ。模範の力は無限だ。おまえ一人が姿を見せて話をする方が、私が半日、一日思想工作をするより効果的だ。話が終わったら、食事をする。食事が終わったら私が全中隊で偽の電報を打って休暇申請した連中をまとめておまえを駅まで見送らせる。自分の考え、段取りを話すと、指導員は魔法瓶を持って小牛の湯飲みにお湯を注ぎ足した。注ぎ足しているときに、小牛の顔にゆっくり現れた戸惑いは指導員が注ぐお湯の線のように長かった。注ぎ終わって、指導員が魔法瓶を置きに行ったとき、背中越しに小牛に言った。困らないでくれ、話したくなければ話さなくていい、おまえがそうしたのは、全中隊におまえの覚悟が立派なことを知らせるためではない、全員におまえを見習わせるためではないとわかっているから。

小牛は椅子に座って、その一杯になったお茶を持ったまま、お尻を軸にして体を指導員の方に向けて言った。指導員、私は家に帰りたくないですし、もう休暇申請はしません。指導員はベッドの枕元で、魔法瓶を置いて伸ばそうと思っていた背中を曲げたまま、いつも魔法瓶を置いている湿った足下の場所で、体を強《こわ》ばらせていた。彼は少し驚き、解せない、わけがわからない様子で小牛の方を向くときいた。どうしたんだ？　小牛は言った。どうもしません。私はやはり家に帰らない方がいいと思ったのです。指導員は魔法瓶を床に置くと、体をしっかり小牛の方に向けて腰を伸ばして言った。それはだめだ、まったくおまえという奴は、母親が死んで家に帰らないってことがあるか？　それじゃお母さんに申し訳ないだろうが？　お父さんに申し訳ないだろう？　お兄さん、お姉さんに対して、自分の両親に対して申し訳が立たないだろう？　指導員の一連の声は問い詰める感じで、厳粛で深刻で、小牛が自分で変えた決定をまた変えさせ、検討させたいかのようだった。しかし小牛は意固地になって立ち上がると、手に持った湯飲みをテーブルの上に置いた。湯飲みのお茶がこぼれ落ちても気にもとめず、指導員の方を向くと慌てて説明した。指導員、あなたは先ほど私をお叱りになりましたが、さっき計算してみました。私の母は昨日亡くなりました。私は今日電報を受け取りました。今晩出発して列車に乗ると、明日のまだ暗いうちに着きますが、これは順調にいったときです。列車を降りて急いで私の故郷に行く最終の長距離バスに乗れたらのことです。もしそれに乗れなかったら、あさって家に着くことになります。しかし指導員、こんなに暑くては、うちの故郷の習わしだったら、母の遺体を家に置いておくのはせいぜい三日です。昨日、今日、明日——明日の午前中には出棺です。私は一番早く帰れたとしても明日の日の入り前です。私が戻ったところで母の葬儀に間に合うでしょうか？　葬儀に間に合わないし、母親の出棺に付き添うのにも間に合わないのであるならば、いっそのこと日を改めて戻ります。

ベッドの枕元、魔法瓶のそばに立って、指導員は小牛を小さい子が突然大人になったかのように見ていた。小牛がこんな決定をするとは信じられなかったし、小牛が極めて難しく複雑な幾何の問題を、解答の手順と、ゆえになぜならも合わせて、ひとつもこぼさず彼の目の前で解いて見せたのだ。まるで一人の先生が、一目で正解とわかったが、その難問を目の前のこの子が解いたことが信じられず、目の前の幼い顔が見知らぬ子供のものであるかのように見つめながら、この難題を解いたのは彼であり、彼が一人で正確な答えを宿題ノートに書いたことを確認したかのように、ゆっくりと生徒の方に近づいていった。小牛のすぐ前まで来て、指導員は真心をこめて、ゆっくりと話した。小牛、私はそれでもやはりおまえには中隊の建設のことなど考えず今夜家に帰ることを提案するが、おまえが今夜は帰らないと決めたのなら、すぐに家に長距離電話をかけて、ここ数日で忙しいのにくぎりがついたらすぐに帰るからとお父さんに伝えて、お父さん、お兄さん、お姉さんにはあきらめてもらい、お母さんがいなくなったからと言って、苦しみの中から抜け出せなくならないように言うんだ。

小牛は急いで兵営の入口の通りにある郵便局に行って故郷の近所の家に長距離電話をかけた。誰も出なかったので、緊急電報を打った。家でだったら今夜にでも受け取ることができるから、家に打った。その電報にはこう書いた。父さん、兄さん、姉さん、陰暦の誕生日を陽暦に移し替えて計算すると、お母さんはもう六十歳です、明日の葬儀は、喜喪でやって下さい。私は仕事が終わったらすぐに帰ります。許して下さい。電報の文を書き終わると、小牛は二回ていねいに読み返し、気持ちはこもっていて簡潔で、言いたいことは伝わると思ったので、郵便局員に渡してお金を払い、入口を出ると口笛を吹きながら軽快な様子で帰っていった。戻るとそのまま訓練場に行き、中隊の訓練に参加した。

革命浪漫主義

今まさに集団主義の輝きは、第一大隊第三中隊の兵士たちの心を照らしていた。幹部兵士たちの赤々とほてった顔色は、東から昇ったばかりの朝日が思わず赤面するほどだった。朝の光はいつものように燦々《さんさん》と降り注いでいたが、第三中隊百二十名の兵士が中隊栄誉室の前に八時に整列し、満面赤々とした百二十の顔を並べたときには、そのあまりの輝きに、太陽は秋の雲の陰にこそこそ隠れてしまう始末だった。

中隊長の未来の伴侶《はんりょ》がまもなく十時に汽車から降りてくる。その江西省の老解放区（革命戦争の比較的早い時期に中国共産党が指導する人民軍によって解放され、人民政権を打ち立てた地区）から来る娘さんは、数日中に名実共に第三中隊長の妻となる。もう三十二になる中隊長は、二十二歳の美しい娘の夫になるのだった。一つの新しい家庭がまもなく誕生するのだ。それはまた、ひとつひとつ積み重ねられる煉瓦《れんが》のように、一つの健康な革命細胞が我々軍人社会に新たに加わり、我々の体の一部になるということなのだ。第三中隊の兵士たちの気分は高まるばかりで、おさまる気配はなかった。その光り輝く赤い顔、集団全体の興奮は、戦いが終わって凱旋してきた兵士さながらで、まるで目の前にきれいな花や美しい娘、銅鑼《どら》や太鼓に爆竹の大歓迎が待ち受けているかのようだった。二五〇連隊第一大隊第三中隊のすべての兵士は、中隊長の未来の妻をお迎えするという栄えある任務に浴し、列を組んで駅に赴くことになったのである。

中隊長の仲人は指導員（中隊の政治工作員）だった。中隊長はもう三十二歳だったが、ずっと伴侶を見つけることができずにいた。隊長ともあろうものが正業に就いているのに家庭を持てずにいるというのは、第三中隊集団全体の心痛であるだけでなく、大隊上官の心痛であり、連隊上官の癒《い》えない傷跡であった。さらに師団長ともなると、二五〇連隊に来て食事をするたび、その箸《はし》を持つ手には心からの悲しみが漂うのだった。その師団長が、検査工作にやってきたとき、第三中隊の隊長はまだ結婚していないのかとたずねた。連隊長が黙ってうなずくと、師団長の持っている箸と茶碗は宙で止まってしまった。しばらくしてから師団長のそばに座っていた連隊政治委員が、師団長の残念そうな顔色と様子を見て言った。上官、ご安心下さい、年末までにはきっと中隊長の相手を見つけてご覧に入れます。こう態度表明することで、師団長は安心してお昼を食べることができるはずだった。しかし師団長はちょっとぼんやりすると、なんと手に持っていた箸をテーブルの上に落としてしまったのだ。その二本の箸は、山の上から転げ落ちてきた爆弾のような音を立て、二五〇連隊の軍官を上から下まで驚かせた。

年末じゃあ、ダメだ。師団長は言った。できることなら今年の秋には、第三中隊長の結婚式に参加したいものだ。

連隊政治委員は言った。上官、どうぞご安心下さい。秋までにきっと中隊長の相手を探し出し、その時には上官においしい祝い酒を味わっていただきますので。

それからというもの、第三中隊長の奥さん探しは二五〇連隊の作戦任務となった。それは静かに進行する戦役だった。連隊長、政治委員、大隊の教導員（大隊の政治工作員）、第一大隊長は、各自みずから進んで妻や友人に働きかけ、第三中隊長の経歴をまるで宣伝ビラのように祖国の大地にばらまいたが、それは収穫の見込みのない広い畑に種をまくような、一匹の魚を捕るために千の網を打つような、悲壮さをともなう千載一遇のチャンスを願う気持ちからだった。しかしそれはいつしか千年に一度の干ばつのごとき様相を呈し始め、一粒の穀物も魚の鱗《うろこ》一枚も取れそうにない有様となってしまった。時はすでに夏から中秋に移り、大隊駐屯地の外のトウモロコシの房もすでに黄色く色づき、その濃密な黄金色の香りが河南平原を昼も夜も漂うようになっていた。香りはまるで厳重な警戒でもしているかのように大隊駐屯地内の隅々にゆきわたっていた。連隊長と政治委員はこの戦いの敗北は避けられないだろうと考えていた。第一大隊の党委員会も、頂上を攻め落とすことはできないと考えていた。もし連隊の党委員会に申し開きを行うことになっても、あるいは調査書を作成することになっても、あるいはまた集団全体の降格、免職という事態になっても、ありのままを連隊長と政治委員に釈明し、こう言うしかなかった。上官、申し訳ありませんでした、我々は任務を全うすることができませんでした、できれば年末まで時間を延ばしていただけないでしょうか、それまでに第三中隊長の相手を見つけ結婚させることができなければ、我々第一大隊党委員会は集団辞職も、いや、軍事法廷に送られることも辞さない覚悟であります。事態はもはやほとんど絶望の状態で、もろ手をあげて降参するしかないところまできていたときだった。第三中隊の指導員が突然報告した。中隊長のお相手を見つけました。お相手は私と同郷で二十二歳、県委員会の宣伝部で仕事をしており才色兼備、その容姿は柳の枝か桜の花か、県内の女性で彼女にかなう者はおりません。その才能は高山の峰のごとく突出しており、千里を歩いて一人いるかいないか、めったに出会うことのできない女性です。指導員がこの知らせを報告したときには、大隊党委員会がちょうど会議を開いて第三中隊長の結婚問題について相談し、連隊党委員会に対しこの作戦の失敗についてどう釈明したらよいか協議しているところだった。そのヤマ場にさしかかったときに、大隊党委員会で最も若く、第一大隊に来てまだ半月ほどの第三中隊の新米指導員が報告したのだ。

——私は中隊長のお相手を見つけました。

その瞬間、大隊の会議室は西から東にグルリと向きを変え、日の出の方向に向かうと、赤々とした暖かい偉大なる太陽の光が、その無私の金色の光を世界じゅうにふりまいた。大隊はその偉大なる太陽の光のもと、その熱エネルギーをなんの遠慮もなく思い切り吸い込んだ。第一大隊本部会議室の窓のガラスは一枚一枚太陽に照らされ、ヒソヒソ話をしているような小さな音を立てた。それは芝草が強い日射しに晒《さら》されたあとに出す音のようだった。会議室の士官たち、そして党委員会書記、副書記と委員たちは、第三中隊の指導員の微笑《ほほえ》み半分まじめ半分の顔の報告を聞くや、みな呆然として固まってしまっていた。各中隊の指導員もみな同じだった。部屋が暖かいので脱いで椅子《いす》の背に掛けてあった軍服や、テーブルの上の湯飲みと肩を並べていた軍帽までもが愕然《がくぜん》としている有様だった。全員の視線は端っこに座っている第三中隊の指導員に移った。それはまさに武装解除して投降しようとしているときに、一番パッとしない兵士が突然やってきて、敵を攻め落としました、戦いに勝利しました、敵は白旗と両手をあげて降伏しています、と高らかに宣言したようなものだった。あとはどのように戦利品を接収するかだった。日の光は会議室の中を音を立てて流れ、士官たちのお互いを見つめる視線は、遙か遠くの激戦地の砲弾のように飛びかった。空気はいくぶん重かったが、春が来て雪が融《と》けるような温もりもあった。この突然訪れた思いがけない静けさの中、大隊長は、我知らず自分の軍帽を机の上から取り上げ、光り輝く新しい帽章を撫《な》で、そのゆがみをちょっと直すと、視線を第三中隊指導員に移し、彼の顔をじっと見つめながら穏やかにゆっくりと努めて平静にたずねた。

——今なんと言った？

——中隊長の未来の奥様を見つけたと申し上げました。

大隊長は言った。ダイコンやハクサイじゃあるまいな。

指導員は言った。才色兼備の女性です。職場は県委員会の宣伝部で、毎年『人民日報』に彼女の原稿が掲載されます。文章の腕前で我が連隊、師団に彼女にかなうものはおりません。容貌では、県内の娘に彼女より美しい者はおりません。

教導員は言った。おい、冗談言ってる場合じゃないぞ。指導員は言った。冗談など申し上げるわけがありません。私は政治任務として事に当たってきたつもりです。

教導員が言った。本当にそうなのか。向こうは同意したのか？

指導員は言った。中隊長のラブレターは私が代筆して送っておりました。向こうが中隊長の写真をほしいと言ってきたときには私の写真を送りました。機関から功労賞としていただいた赤いリボンで飾られた十五センチ四方の写真です。手紙と詩を九首添えました。すると思いがけず彼女が部隊に行って中隊長に会いたいと言ってきたのです。しかし彼女が本当に部隊に来たとき、後のことをどうすればよいか私にはわかりません。

とたんに会議室は静まりかえり、第三中隊指導員は思わず頭を机より低くすくめた。すべての視線が彼の頭上に集中し、頭から全身に十数丁の銃口を突きつけられたかのようだった。そうして一秒が過ぎ、十秒が過ぎ、今にも時間が爆発するかと思われたとき、思いもよらず大隊長の顔に笑みが浮かび、教導員の方を向くと笑いを引っ込め、突然机の上から軍帽を取り上げ机にたたきつけると言った。連隊の大比武（中国人民解放軍が一九六四年に行った練兵活動）で我々の第一大隊は優勝し、思想政治工作試験では総合二位、師団の大比武では我々の大隊は準優勝だったが、思想政治工作の評定は第一位だった。我々第一大隊の仕事たるや、すべてにおいて一番、二番であった。たとえ彼女が来たとしても、彼女に対する工作をきっとやり遂げることができると確信しているし、ここにいる同志の実力と能力を信じている。決して連隊の上官や師団の上官にご迷惑をおかけするようなことはないと思っている。娘っこ一人、なんとか軍営に押しとどめ、この集団の知恵と誠意によって間違いなく彼女を中隊長と結婚させることができるだろう。そして指導員に向かって言った。彼女を呼べ。彼女が我々第一大隊の軍営に一歩でも入れば、私と教導員が必ず彼女を押しとどめる。そして三日以内に、彼女と第三中隊長を洞房（新婚の部屋）に入れてみせよう。

そして彼女は来たのだ。とうとうやってきたのだ。

上官に余計な手間をかけさせてはならないというのが、軍人一人一人の職責と義務であった。第一大隊長と教導員は連隊の誰にも知らせず、部隊を組織して駅に迎えに行った。汽車は時代の軌道の上をガタンゴトン音を立てて入ってくると、ゆっくりとホームに停車した。すると続いて第三中隊の歓喜の太鼓と銅鑼が、凱旋してきた英雄を迎えるかのように、あるいは北京からやってきた百年に一度見ることができるかどうかの偉大な指導者を迎えるかのように盛大に鳴り響いた。赤いセーターを着て、この時代によくあった人工皮革のトランクを持った彼女がデッキに現れると、銅鑼と太鼓の音は突然止み、拍手もふいに鳴りやんだ。兵士全員の視線がその瞬間どっと彼女に注がれた。すべての兵士の表情には満面の驚きと興奮があふれ、それは十年降り続いた雨のあとに偉大なる太陽が顔を出したかのようだった。太陽は平原の西の天空にあり、駅は淡い赤と黄金色に包まれていた。その一時の静寂は、視線を地面に落としただけでもカランと音がしそうなほどで、秋の収穫の香りが駅に流れ込んできただけでも、まるで台風の風が吹き込んできたかのようだった。幸い彼女を迎えに来ていた教導員と大隊長がいち早く正気に戻り、教導員が大きな咳《せき》をし、大隊長が兵士たちを冷ややかに見やると、銅鑼と太鼓の黄金色の音が天地を覆い、革命精神の深紅に彩られた拍手の音は川の流れのようで、とどまるところを知らなかった。それは彼女の美しさに驚嘆し呑み込まれかけた静けさを、彼女の目の前から一瞬のうちに消し去った。彼女はタラップの上から兵士たちを見回し、その中に彼女と革命的婚姻を結び百年の長きを連れ添う、五好家庭*1を築く第三中隊長の姿が見あたらないことに怪訝《けげん》な表情を見せた。彼女が口を開いて何か言おうとするよりも早く、教導員が彼女のトランクを受け取って言った。ようこそ、歓迎いたします。大隊長は彼女の腕を支えて言った。足下に気をつけて下さい。第三中隊長も指導員も来ていないのですよ、部隊の仕事が忙しくて師団まで状況報告に行っているのですよ。

そうして彼らに取り囲まれたまま彼女は駅構内へと進んだ。兵士たちの銅鑼と太鼓の音は彼女の荷物を持ち上げ彼女の腕を支え、大隊でこの時初めて使う新しい北京ジープへと彼女を送りこんだ。

大隊に戻ってきたとき、大隊長は彼女を中隊には連れていかず大隊本部に滞在させた。部屋の大隊長は引っ越して教導員と一つの部屋に住み、彼女を自分の部屋に滞在させた。

＊1　一、祖国・社会主義・集団を愛し、規律・法律を守ること、二、生産・仕事・学習に努め、任務を完成すること、三、計画出産し子女教育を行い、勤勉に節約して家庭を守ること、四、古い風俗習慣を改め上品な礼儀を重んじ清潔で衛生的にすること、五、老人を尊び子供を愛し家庭の平和を守り、隣人と仲良くすること、以上を旨とする模範的家庭。

壁は石灰水できれいに塗り直され、新たに毛主席と李《り》玉和《ぎょくわ》（革命現代京劇『紅灯記』の主人公）と楊子《ようし》栄《えい》（一九一七—一九四七、山東省生まれ、解放軍の英雄）の写真が飾られ、机には本が並べられ、本の隙間《すきま》には特に位の高い上官が来たときだけに焚かれるお香がさしてあった。ドアの向こうの洗面台には新しい洗面器と新しいタオル、新しい石けん箱が置かれていた。小さな石けん箱はピンク色に光る赤いビニール製で、お香のきつい匂いが充満する中に清潔で気持ちのよい香りを漂わせていた。さらに部屋には強いような弱いような石灰水のアルカリ臭も漂っていた。それらの匂いで一杯になった部屋は爽《さわ》やかで暖かく、ちょうど今の季節の歩みのようで、革命状況にたとえれば、革命に力を入れることが生産を促進し、生産に力を入れることがまた革命を推進するかのようだった。

すべては計画に沿って進んでいた。要をつかめば万事解決とばかり、一歩歩くごとにきっちり足跡をつけながら前進していた。大隊長は入口の前に見張りをつけ、まずは中の娘さんに食事を出し、列車で二日二晩という長旅の疲れをとってもらった。第三中隊長と指導員は師団長のところに報告に行っており、昼間は彼女と会って話はできなかったので、歩哨《ほしょう》が見張る静けさの中、教導員と大隊長が交代で彼女の相手をした。大隊長は彼女に部隊建設と第三中隊の仕事について重点的に説明した。とりわけ第三中隊長の無私の精神とその実行力、集団主義思想とその仕事ぶり、共産主義のために奮闘する情熱と覚悟について力説した。一方、教導員は彼女に大隊の思想工作と政治教育の状況と成果を説明した。特に第三中隊長が軍の幹部であるにもかかわらず思想工作を第一としている点を強調した。彼は隣村の目の不自由なおばあさんのために水を汲んだり掃除したりしており、その献身ぶりは十五年を一日で取り返すかのようで、そのおばあさんのために髪を梳《す》いている姿は、自分の母親に対しているかのよう。またある軍事訓練の仕上げのときのこと、新兵の中に情緒不安定なのがいてグラウンドでいつもぼんやり西の方を見ているので、第三中隊長は地図を引っ張り出して調べてみた。すると新兵の実家が大隊から見て西へ数百キロのところにあることがわかった。そこで第三中隊長は彼の実家に手紙を書いて様子をたずねると、その返事から彼の母親が病気で入院していることが判明した。それを知った第三中隊長は、自分の数か月分の給料をその新兵の家に送ってやったことなどを話した。

教導員は言った。我らが第三中隊長は雷鋒《らいほう》ほどいい男ではないが、その人品たるや雷鋒より気高く、もし毛主席がもう少し早く我らが第三中隊長の存在を知っていたならば、全国人民が学ぶのは雷鋒ではなく、きっと我らが第三中隊長であったはずなのです。

大隊長は言った。我らが第三中隊長は、ちょっと背が低く色が黒いが、まじめな話、董《とう》存瑞《そんずい》（一九二九—一九四八、河北省生まれ。人民解放軍の英雄）、邱少雲《きゅうしょううん》（一九二六—一九五二、重慶生まれ。革命烈士）なにするものぞ、いずれも我らが第三中隊長にかないはしない。董存瑞は万事休したとき、ダイナマイトを一本頭上にかかげただけだったが、我らが第三中隊長はある工事のとき、みずから竹竿で五本のダイナマイトを担いだのです。邱少雲は自分の体に火が付いても歯を食いしばって決して声を立てなかったが、我らが第三中隊長は一昨年、河南省東部でダムが決壊したとき、布団や砂袋を放り込んでも水を止めることができないのを見て、決壊したところにその身を躍らせると、一言も声をあげずにその細い体で水を食い止めたのです。

第三中隊長のその比類なき模範的事績について、教導員は政治部の倉庫に積み重なっているまだ発行していない賞状の数と同じくらいにまくしたてた。

第三中隊長のその英雄的業績について、大隊長は司令部兵器倉庫の銃弾の数と同じくらいにまくしたてた。

ついに空が暗くなった。入口の見張りが一人から二人になった。炊事当番が彼女の健康を気遣《きづか》った食事を大隊長の宿舎に送り届け、食事が終わったころには大隊の街路灯に灯がともった。グラウンドではまた反帝国主義、反修正主義の追加訓練が始まった。全連隊の兵士がグラウンドに集まり、各大隊、各中隊もすべて出払った。第三中隊長は予定通り、この隙《すき》をねらってやってきた。いよいよ愛情物語の主役を演じなくてはならないのだ。第三中隊長に付き添って彼女に会いに来たのは、あの指導員であった。指導員は彼女と同郷であった。彼女は来るとき、指導員が送った写真と三通の手紙、九首の詩を携えてきた。

彼女は麗しき革命浪漫主義の感情を胸一杯に抱いて部隊にやってきたのだ。第三中隊長に会うために、彼女はもう一度顔を洗い髪をとかすと、顔にこっそりとブルジョア階級の白粉《おしろい》を塗った。準備はすべて完了、ついに愛情物語の最後の一幕が開く。男役、女形、仇役、脇役、道化役、全員出動態勢についた。

第三中隊長は指導員と一緒に大隊へやってきた。その夜、星は明るく輝き、月の光は柔らかく、街路灯のあるところには、街路灯の光と月の光が一緒に降り注ぎ、地面は革命の朱色に染められていた。街路灯のないところも清らかで落ち着いた感じで、風のない湖の水面のように静かで、革命的浪漫に満ちあふれていた。大隊本部の入口の前に、高くそびえたキリの木があった。その大きく丸い濃い緑色の木の葉は、月光を浴びて地上に落ちた影は不揃いに重なり合い、丸い鏡のような月の光の木漏れ日を作り出していた。その光で木の陰の黒色は、サツマイモの粉のように薄い黒と薄い白のまだらになっていた。コオロギの声は革命歌曲のように明るくリズミカルに響き、偶然鳴き始めた夜の蟬《せみ》と鳥の鳴き声は、鶯《うぐいす》の歌に燕《つばめ》が舞いをあわせるかのようで、夜の美しさに華やかさを添えた。ちょうどそこに、第三中隊長がおどおどしながら登場した。彼が前で指導員が後ろについていた。一歩行くごとに指導員が彼の腰を後ろから一押しした。一押しするごとに指導員は言った。行きましょう。段取りはできているのですから。なにも恐れることはありません。一言言うたびに一押しし、それでやっと中隊長もためらいがちに二歩三歩と足を前に進める。そうこうしているうちに大隊本部の見張りの前までやってきた。が、そこで見張りが突然、合い言葉は？ときいてきた。中隊長は不意をつかれて凍りついてしまい、彼が気を取り直す前に指導員がこたえた。——革命！——よし！見張りは続いて生真面目に中隊長と指導員に向かって敬礼をすると、上官によろしくお伝え下さいと言った。第三中隊長はそれでやっと大隊本部に到着したことに気がついた。芝居の幕が上がり、彼は舞台の袖に立った。もはやただただ頭の皮を強ばらせ、この公演を最後まで進めるしかないのだ。彼は見張りの前で足を揃え敬礼を返すと、軍服の端を引っ張り、軍帽を直し、身なりをきちんと整えて、一歩一歩大隊本部の中へと入っていった。

教導員の部屋と大隊長の部屋の間は会議室で隔てられており、大隊長の部屋へ行くときには必ず教導員の部屋の横を通らなければならなかった。教導員の部屋のドアは半開きで、細い隙間が十五センチほど開いていた。そのドアの前に来たとき、第三中隊長は首をひねって中をうかがった。大隊長が机に寄りかかって、せっぱ詰まった暗い表情をしているのが見えた。大隊長は、第三中隊長がまだためらっている様子を見て、鼻をフンと鳴らした。ドアの隙間の向こうの第三中隊長の足音が弱くなると、大隊長は下唇をギリッと噛《か》み、右手で机の角をバンと叩くと冷たく吐き捨てるように言った。私と教導員が教えてやったことを、言われたとおりやればそれでいいんだ！

第三中隊長はそのまま前に歩いていく。

指導員は体の向きを変えると教導員の部屋に入っていった。

しばらくして大隊長の部屋のドアが開く音がした。少し間をおいてドアの閉まる音がした。

部屋の前の静寂は、水のように大隊の中庭、大隊本部、大隊教導員の部屋にしみこんでいった。片方の歩哨は遠くへ行ってしまった。一人は固定の歩哨でもう一人は巡回の歩哨だった。巡回に出た歩哨の落ち着いた足音と、グラウンドから伝わってくる訓練の音が月に照らされた大隊本部の前で鳴り響いた。夜空の透き通った深い青色は、キリリと引き締まって爽やかだった。目に見えない細い雨が秋の夜に降り注いでいるかのように、秋の熟した作物の暖かい香りと軍営特有の銃を磨くための油のかすかな冷ややかな匂いが、交互に入り混じりながら大隊長の部屋から教導員の部屋の前へと流れていった。

なんの物音もしなかった。

大隊長と教導員の部屋、どちらからも一切物音はしなかった。

その息の詰まるような静けさは、まさに戦いと戦いの合間の両軍のにらみ合いであり、大革命の嵐の後に突然世界に降りてくる沈黙であり、安定していた革命の情勢が一転動揺し始める直前に巡らす沈思黙考であり、大きな芝居の幕が開いた後の一瞬の間であり、砲弾が雨あられと降り注ぐ前の、敵味方双方が双眼鏡で観察しあっている張りつめた空気であった。その静けさの中ひたすら待ち続けるしかなく、時間《とき》は冬の軒先のつららから今にも落ちようとしている雫《しずく》のようで、その雫はしたたり落ちる寸前に今にも凍りついてしまいそうだった。そして弾丸が体を突き抜ける時間が過ぎ、十五分が過ぎ、丸一日が過ぎ、まるまる一世紀が過ぎたかに思えたその時、大隊長の部屋の方でバタンと音がしたかと思うと、中隊長が扉の外に立っていて指導員を呼んだ。――指導員！――指導員の答えが部屋から返ってくるより前に、大隊長の部屋から中隊長の未来の妻の、赤く燃えて喉《のど》をからした指導員の名を呼ぶ叫び声が、手榴弾《しゆりゆうだん》かダイナマイトの爆発のように大隊本部の夜空の下に響き渡った。

　第一大隊本部の整然とした静けさは、地面に落ちたガラスのように砕け散った。彼女にはすべてがわかったのだ。彼女は何度か大声でわめいたあと、その声は幽霊でも見たかのような泣き声と叫び声になった。声はかすれ、細く鋭くなり、水門が開かれた水路の水のように大隊本部の部屋からどっと流れ出していった。そしてそのまま大隊本部から二五〇連隊のグラウンドへと押し寄せ、二五〇連隊全体の革命軍人たちを呑み込んだ。

　夜空は明るくきれいで、軍営は澄み渡っていた。第三中隊長の未来の妻の泣き声は洪水となり、大隊周辺の家屋、樹木、グラウンド、鉄棒、平行棒、鞍馬や兵士を呑み込んでいった。大勢の軍人がグラウンドでの訓練をやめ、声のする方を見ていた。散らばっていた軍人が第一大隊本部の方へ行こうとしたが、歩哨がそれに気づいて制止した。

第一大隊は不可思議な舞台となった。あらゆる観客はただ劇場から遥か遠く離れ、その中へ入っていくことはできず、舞台に近寄ることもできなかった。この芝居には観客は不要だった。しかしたとえ観客がいなくても、銃の達人の射撃練習のように正確無比に演じられていった。愛情の主役、第三中隊長は舞台の袖に引っ込んだ。仲人の主役、指導員が舞台に上がった。彼女の泣き声はかすれてか細く、臆病な娘がお化けか蛇にでも出くわしたかのようで、指導員の名前を呼ぶ様子は真っ赤に焼けた鉄の塊がいくつも喉に詰まっているかのようで、すべて吐き出したいのにままならず苦しんでいるようだった。

指導員は最初の叫び声を聞いて、すぐに部屋から飛び出した。三回目の叫び声がしたときには彼女の目の前にかけていった。大隊長の部屋の灯《あか》りがドアから溢れだしており、ドアのそばに立っていた彼女の柳のようにすらりとした体と柳の枝のような細い髪の毛は、影絵のようにその影を地面に落としていた。指導員が彼女の目の前にやってくると、彼女はなぜか突然泣くのをやめ音はすべて消えた。それはついに親の敵に巡り会ったかのようで、彼女はぼんやりと彼を見つめたまま立ちつくし、微動だにしなかった。しかし指導員にとってはそれも予測範囲内のことだった。彼女の前に立つと敬礼し、頭を深々と下げ、そっと言った。娘さん、私は罪を償うためにやってきました。私を殴ろうが、罵《ののし》ろうが、顔に唾《つば》を吐きかけようがかまいません。今夜はあなたの気の済むようにして下さい。言い終わると指導員は彼女と部屋の中へと入っていった。指導員が勢いにまかせて怒っている彼女を部屋に押し込んだのか、彼女が道を空けて指導員を部屋に招き入れたのかはわからなかった。

とにかく、指導員は大隊長の部屋に入ると、そのままドアを閉めた。

大隊本部にはまた静けさが広がった。

まるでなにも起こらなかったかのようだった。月の光は明るく輝き、木の影はゆらゆらと揺れていた。グラウンドの軍事訓練は、終わった隊もあれば、まだ列をなして障害物を乗り越えている隊もあった。その号令は短く力強く、金槌《かなづち》を打つようだった。第一大隊本部はといえば、二人の歩哨が任務についている以外に、外には人影一つなかった。大隊長と教導員は相変わらず教導員の部屋にいた。さっき第三中隊長の未来の妻の狂ったような叫び声を聞いたときには部屋の外に飛び出したが、指導員が部屋の中に入ってドアを閉めてからは、二人も部屋の中に戻ってドアを閉めた。通信員が湯冷ましを注ぎ足しに来た。教導員がたずねた。なにごともないな？　通信員はこたえた。物音一つしません。大隊長は彼にもう一度様子を見に行くように言った。

通信員は教導員の部屋から出て、空《から》の魔法瓶を提げたまま、大隊長の部屋の前で立ち止まった。思った通り、おかしな様子は何もなく、ただ指導員のボソボソ言う声が聞こえるだけだった。しかし何を言っているのかは外からでは聞き取れなかった。一方、江西省の老解放区から来た県委員会青年幹部の娘が、部屋の中で何をしていて何を話しているのかは何も聞こえてこなかった。まるで部屋の中にいるのは指導員一人だけで、彼がブツブツ独り言を言っているようだった。

通信員は、窓から一メートルほどのところでしばらく様子をうかがっていた。もう引き返そうとしたその時、また立ち止まった。突然女の泣き声が聞こえてきたからである。今回の泣き声はさっきの空気を切り裂くような声とはまったく違い、悲しく細く、草地の間をゆっくり流れる水のようだった。この泣き声を聞いて通信員はその場でしばらく固まっていたが、慌てて教導員の部屋へ駆け戻っていった。教導員と大隊長は二人とも部屋の外に出てきて大隊本部の渡り廊下に立ち、その泣き声を聞きながらあの部屋の窓から漏れる灯りをじっと見ていた。その泣き声は始めは小さく終わりは大きく、机かベッドに突っ伏しているかのようで、口を押さえているようなウッウッという音も混じっていた。その後、彼女はきちんと座ったようで、なりふり構わず大声を上げ始めた。それは心の中の苦しみを涙と一緒に流してしまおうとするかのようだった。

指導員とこの娘が大隊長の部屋で何を話し、彼らの間に何が起こったのかは結局誰にもわからなかった。大隊長、教導員、そしていつからいたのか、副大隊長、副教導員、大隊本部書記、軍医、それから大隊通信班の兵士たち、そして大隊の上官までもが外に立っていて、大隊長の部屋の方を見ながら様子をうかがっていた。月はすでに東に移っていた。夜は深まった。グラウンドにはもう一人の兵士も残っていなかった。消灯の合図もいつ鳴ったのかわからなかった。この静かな夜の中、彼女の人道主義の悲しみに満ちあふれた泣き声は、泣いては震え、震えては泣いての繰り返しで、大隊部の士官も遠くにいる歩哨もそれに対して何もなすすべがなかった。その時彼女の泣き声が止み、指導員がドアを開けて出てきた。

指導員はドアの外に立って遠くを見た。

それを見て教導員がやってきた。

指導員は教導員に言った。彼女の怒りはなんとかおさまったようです。が、今晩すぐ出発して江西に帰るそうです。

教導員は何も言わず、彼からバトンタッチされたように、部屋の中に入っていった。

みな相変わらず大隊本部各部屋の入口からそちらを見ていた。副大隊長と副教導員は軍医室の前にいて、軍医と数名の兵士は当番室の前にいた。すべての者が立ったまま、びくびくしながらその結末を待っていた。ただ大隊長だけは椅子を持ち出して教導員の部屋の前に座り、湯飲みを持ったまま一口飲むごとに頭を上げて向こうを見た。湯飲みのお湯が半分になると通信員が大隊長のそばへ行き、お湯を注ぎ足した。お湯で一杯の魔法瓶は彼のそばの窓辺に置いてあった。その竹籠入りの魔法瓶には「為人民服務（人民に奉仕する）」という文字が書いてあったが、月夜の中、その赤い文字はどす黒く濁っていた。

士官たちは大隊長の部屋をじっと見つめながら、あの江西の娘の泣き声が悲しそうに部屋から漏れてくるのを聞いていた。しかしそのうちすぐに泣き声は、風が止むように止まり静けさが戻った。みな、形勢が好転したと思った。しかし教導員は部屋から出てくると大隊長を呼んだ。

大隊長がそちらへ行った。

教導員は言った。ご覧の通り泣きやみはしましたが、やはり帰りたいと。

今度は大隊長が部屋に入っていった。大隊長も指導員や教導員と同じように、入るとドアを閉めたため、外には静けさだけが残された。大隊長が部屋に入って何を話し何をしたのかはわからなかったが、まもなく部屋の中からはガタガタという音が何度かした。教導員がその音を合図に水を一杯飲みほそうとしたが、それよりも前に大隊長が部屋から出てくると、前に向かって大声で言った。全員に通知する。娘さんを駅まで送る準備にかかってくれ。

それを聞いて全員呆然としたが、すぐにそれぞれの部屋に戻り、それぞれの役目に就いた。

夜はすでに月が沈もうかというところまで深まっていた。秋の寒さが水のように、田野から囲い塀と歩哨の兵士を越えて押し寄せ、軍営は寒々しい様相を呈していた。大隊の中庭のキリの木が時折黄色の枯れ葉を落とした。それは地面にあたると木の板が地面に落ちたときのようなパタンという大きな音を立てた。昼間はまだ歓喜の声で鳴いていた蟬もいつの間にか木から転げ落ち、再び飛び立つことはなかった。露がその羽を濡《ぬ》らし、銃磨きの布のようにベトベトで重たくしていた。この時、江西の娘、この若い党員女性幹部は大隊長の部屋から出てきた。彼女を迎えに行ったのは大隊長と教導員だったが、送りに行くのもやはり大隊長と教導員だった。教導員が前で彼女の荷物を持ち、大隊長は後ろで、部隊が彼女に途中で食べてもらおうと準備した果物や缶詰や軽食ではち切れそうになった黄色いショルダーバッグを抱えていた。彼女が第一大隊にいたのは一日にも満たなかったが、しかしこの一日の経験は、彼女がこれまでの二十二年間の人生で受けた辛い経験よりもさらに辛いものだったに違いない。しかし彼女はやはり党員であり、革命的覚悟を持ち善良であった。荷物を持って大隊長の部屋から出てきたとき、なにか心残りでもあるかのように振り向くと部屋の中をちらっと見た。

大隊長は言った。一泊されてはいかがですか。明日車で市内を案内させますよ。

彼女は言った。いえ、結構です。仕事が忙しいものですから。

そして歩き始めた。しかし数歩先には、副大隊長、副教導員が二十名余りの大隊部の幹部や戦士を連れて大隊長の部屋の前に並んでいた。彼女を見送るためだった。みな彼女を見ると、号令もないのに同時に右手を挙げて敬礼すると、一斉に声を上げた。一晩泊まってからご出発下さい。幹部と戦士たちが集団で彼女にお願いしているかのようだった。こうなると彼女は少し申し訳ない気持ちになり、士官たちに顔向けできないかのようで、何か言いたいとも思うのだが、何も言い出すことができず、ただ頭を低くして前に行くしかなかった。しかし十数歩行って、大隊本部前の空き地までやってきて顔を上げようとすると、今度は昼間彼女を出迎えた百二十人の第三中隊の幹部と戦士たちが、黙ったまま大隊本部前の空き地にずらりと勢揃いし、全員が彼女に向かって敬礼し、そのすべての視線は彼女に向かい、哀願するかのように彼女に注がれ、もし彼女がそのまま進んで立ち止まらず帰ってしまったら涙がこぼれ落ちてしまいそうだった。敬礼した手は帽子の庇《ひさし》のところで静止したままだった。彼女はこの事態にどう対処したらよいかわからず、兵士たちになんと話しかけてよいかもわからなかった。彼女が彼らを見ると、彼らも彼女を見、彼女がゆっくり歩き出すと、彼らもまたそれに合わせて体の向きを変え、視線と敬礼で彼女を追いかけるのだった。その道は彼女にとって千里万里を行軍するかのようで、精神的な長征と言ってよかった。その長征もいよいよ最後というとき、彼女はまた振り返って戦士たちを見渡した。もう二歩、もう三歩戦士たちから離れ、大隊本部前の空き地から離れたかったのだが、大隊長も教導員もゆっくりした足取りで、彼女の行く手を塞いでいた。彼女は大隊長に言った。彼らを帰してあげて下さい。どうか私を見送らせないで下さい。大隊長は言った。みな自発的にやっていることです。すべて第三中隊の兵士たちです。あなたに気持ちを伝えようとしているのですよ。彼女は教導員に向かって言った。彼らに敬礼をやめさせて下さい。ぶたれているみたいで辛いのです。教導員は言った。兵士たちは素朴で可愛い連中ばかりです。彼らが一人の人に敬意を表する権利を奪うことなど誰にもできません。

　こうして彼女はその敬礼と視線の中、雪山を登り草地を越えるかのように大隊本部から出た。しかしグラウンドのそばのジープに向かって前に歩き出そうとしたとき、また突然車の向こうに立っている兵士たちに気がついた。今度は一つの中隊どころではなかった。辺り一面を覆うほどの兵士の数だった。そこには第一大隊の四つの中隊の兵士たち全員が集結していたのだ。きちんと整った身なりに哀切に満ちた目で、彼女が近づいてくると、第三中隊の兵士たちと同じように、号令もないのに右手を帽子の縁まで持ち上げたのだった。ぼんやりとした月明かりの中、その辺り一面の敬礼した右手は、中空に浮かぶ森のようだった。この時、第三中隊の兵士たちはみなまた敬礼し、彼女の後ろからやってきた。こうして全大隊、五百人余りの人間と、一千以上の目が悲しみに満ちた視線で彼女を見つめることになった。それはまるで孤児が自分たちを捨ててどこか遠くへ行ってしまう姉を見るようで、彼らの哀切の視線は彼女を包囲した。そしてさらに厳粛で偉大な軍令が彼女を包囲し、さらにまた、革命者たちの真心が、水も漏らさぬほどに彼女を取り囲んだのである。

彼女はその包囲網の中、ただ立ち続けるしかなかった。

しばらく立ち続けた後、彼女は第一大隊全体の戦士たちを見ながらちょっと思案すると、深々と頭を下げ、大声で泣きながら言った。私みなさんに申し訳ないと思います。みなさんに申し訳ないし、第三中隊長さんにも申し訳ないと思います。そう言い終わると、ジープの扉に手を掛け乗り込もうとした。すべては終わった、気持ちをうまく伝えることができた、上手に言えた、と彼女は思った。しかしその時思いも寄らないことが起こったのである。それはまさに怒濤《どとう》のごとくであった。

五百人余りの軍人たちが敬礼の手を下ろした。

敬礼をやめた五百人余りの兵士たちが、一斉にどっと彼女に跪《ひざまず》いたのだ。夜の朦朧《もうろう》とした風景の中、五百人余りの兵士たちは山が地崩れでも起こしたか、一面の森の木が一斉に倒れたかのように跪き、彼女の前で、号令と共に哀歌を歌うかのように一斉に声を上げた。

――どうか我らが中隊長の奥さんになって下さい。もしあなたが我らが第三中隊長に嫁いで下さらないのならば、我々大隊、五百人余りの兵はこのまま頭を上げることができません。我ら五百名、心からお願いいたします。我々の中隊長の奥さんになって下さい。もし奥さんになって下さったら、我々全員あなたに忠誠を尽くすことを誓います。

車のドアノブに触れていた彼女の右手は凍りついていた。彼女はゆっくりと見回した。月の光の中、跪いている兵士たちの最前列で彼女の一番近くにおり、一番大きな声を出しているのが、第三中隊長の代わりに手紙を書き、詩を作り、自分の写真を送った指導員であるのに気づくと、彼女はなぜかしらまた泣き始め、涙は泉のように湧き出してきた。

その日の晩、結局彼女は帰らなかった。再び向きを変えて大隊本部に戻ると大隊長の部屋に泊まった。ここに革命の情勢は劇的変化を遂げたのである。ついに東方から日が昇り、あらゆる日の当たるべきところに太陽の光が燦々と降り注ぐことになったのである。

三日後、彼女は第三中隊長と結婚した。

洞房は第三中隊長自身の部屋だった。部屋の壁には第三中隊長が入隊後、自分の理想と生命をかけて手に入れた数々の賞状や新聞の切り抜きが貼られ、功労証書や表彰メダルがかけられた。連隊長、政治委員は師団長を伴って祝いに駆けつけ、おいしい秋の祝い酒を飲んだ。第三中隊指導員には三等の功労が、大隊長と教導員にはそれぞれ連隊報奨が与えられ、前倒しでの昇級もあった。また第一大隊各中隊には、それぞれ豚が一匹割り当てられ、全員が豚の角煮にありつくことができた。

革命情勢は万事解決、順風満帆、冬来《きた》りなば春遠からじ。

道士

どんな大きな天でも瓶の中に収めることができる。

道士には奥さんがいた。彼女は子供と女性の温もりを持って彼に会いに来た。ちょうど冬になったばかりで、雪が一足先にやってきた。一面真っ白な山は、空虚な人の心のようだった。紫雲観は雪の林の中に埋もれ、道士と彼の弟子は寒い部屋にいて、それは入れ籠《いこ》の箱を連想させ、奥の奥のそのまた奥のいちばん山奥の一軒家だった。この渓《けい》平嶺《へいりょう》のあたりは、一年のうち春、夏、秋には、観光客がたくさん訪れる聖地で、空気も良く、林の木々もびっしり生い茂り、鳥や虫の鳴き声はその木々の葉っぱよりも濃密だ。しかし冬の季節に入ってから後は、風が吹きすさび、人影は途絶え、道は閑散としてキキキと寂しい音を立てる。それに雪でも降ろうものなら、世界じゅうの菩薩《ぼさつ》も老子も姿を現すのを止め、廟《びょう》や道観は道よりさらに閑散とし、三日とあけずに道士の所に鍼《はり》を打ってもらいに来る近隣の村人たちでさえ、やってこなくなる。上堂に祀《まつ》ってある道教の神様、呂洞賓《りょどうひん》（中国の仙人、八仙の一人。生没年不詳）も、十日半月一本の焼香すらなく、全身埃《ほこり》まみれになり、静寂の中に死んでいる。このため神座の下の功徳箱も、お腹《なか》と背中がくっつくほど飢えていて、箱の板にはひび割れができ、まるで飢餓のために飛び出してきたろっ骨のように見えた。賽銭《さいせん》箱《ばこ》の錠前も錆《さ》びて赤くなっていて、山の上で帰ってこない夫を怨《うら》んで待つ妻のように、鍵が来るのを待ち望んでいる。

道士は堂の前の西側の部屋で寝ていて、薪《まき》が良く燃え、炕《カン》が熱くて前夜眠れないほどだったので、翌日は朝になっても目を覚まさなかった。昼前になって目を覚ましたころには、妻と子供が道観に着いてから半日経っていて、庭に積もった雪はきれいに掃かれ、神像の埃もすっきりと落とされていた。さらに道士のまだ汚いとは言えない道服も洗濯機の中でまわっていた。洗濯機の音で道士は目を覚ましたのだ。扉を開け、目を擦《こす》ると、妻を見るなり彼女からびんたを喰《く》らわされそうな顔をした。彼女は火が氷を待つかのごとく庭の真ん中に立っており、徒弟の玄明と庭で焚き火をしているところだった。子供は御堂の呂洞賓の首にしがみつき、高く元気な声で叫んでいた。

「どうっ！――どうっ！」

妻の方をちょっと見ると、道士はきいた。

「おまえ、どうして来たんだ？」

「来たいから来たのよ」

怒鳴って子供を神様の首から降ろさせると、昼御飯の仕度にかかるよう玄明に言い、あわせて軒先に吊《つる》してある豚肉の燻製《くんせい》を炒めるように言いつけ、一家三人は西の部屋の中へ入っていった。部屋は狭かったがきれいに片付いていて、道士の布靴とサンダルと寝ているときに床に落ちた枕カバー以外には、薪が数本とざら紙と角が丸まった『道徳経』があるだけだった。妻が来ると、道士は神のようにすばやく地面をきれいにした。布団を壁のタンスにしまい、外へ出て炕の焚き口に火をくべると、炕は次第に暖まってきて、それは神が信徒の心と体を撫《な》でるようだった。道士の妻は年は三十過ぎで、山の麓《ふもと》の町に住んでいて、顔はこの昼の時間らしい艶《つや》の、鮮やかな赤で人の目に突き刺さり、髪も黒々として目に突き刺さり、それに加えて、鮮やかな黄色のダウンコートを着ていたので、全体として、絵の描けない人が描いた水彩画のように作法も何もなく、ますます突飛で目を引いた。道士はすでに四十歳で、冬にいつも着る黒の綿入れ、木綿のズボンに、灰色の靴といった出で立ちで、少し汚れていて、無神論の人から辱められるような出で立ちだった。しかし彼は神であり、彼を辱める人を許さなくてはならず、顔にはうっすらとした笑みをたたえ、その笑みは汚いものを遮るカーテンのようだった。

子供は炕の上で神様のお供え物の落花生とヒマワリの種をかじっていた。彼ら二人は、一方は炕の端に、一方は椅子《いす》に座り、間には小さなテーブルが置かれていた。テーブルの上には紫砂壺と何も入っていない紫砂杯があった。そうやって向かい合って座り、お互い見つめ合い、窓ガラスを通って部屋の中に入ってくる光が二人の体に落ちるがままにさせていた。

部屋が暖かくなっても、どちらも話さなかった。

体が温まっても、どちらも話さなかった。

妻は突然道士の手を引き寄せると、自分の手で包みこんだ。目は真っ赤に燃えた鉄のような光を放っていた。道士は彼女が握るに任せていた。彼女の手の中で道士の指先が彼女の手のひらをひっかいた。妻は涙を落とし、顔の焼いた鉄のような赤は薄い黄色に変わり、額はうっすら汗で湿っていた。道士は入口の方を見ながら、視線の半分は妻の顔と体に向けていた。しばらくして彼は突然ちょっと笑うと、手を妻の手から引き抜き、視線を窓の下の台の方に向けた。

台の上には新しい額があった。額の中にあるのは賞状だった。賞状には「国家模範宗教人士」の一行があった。道士がその賞状をしばらく見ていると、妻も振り返って見つめ、驚き喜んで「えっ！」と声を上げた。声を上げたとき、顔には妊娠したのがわかったときのような喜びの色が浮かんだ。道士はその喜びの色の中、賞状の所まで行くと鍵を取り出して妻の手の中に押し込んだ。

妻はその鍵を見ると、出ていってからすぐまた戻ってきた。

「鍵を替えなくちゃ、開けるのに半日かかるわ」

鍵をテーブルの隅に置くと賽銭の山をテーブルの中央に置いた。牡丹の花が咲いたようで、五十元《ユエン》、二十元、さらに十元や五元、一元、二元、毛《マオ》や角《ジアオ》の紙幣やコインもあった。またさらに三枚の百元札もその中に挟まっていて、これは花の中でも一番大きな花びらだった。すぐに座って勘定が始まった。お札はすべて折れ曲がり皺《しわ》になっていて、もみくちゃにされ汚い塊になっているものもあった。雪の冬の冷たい湿気がお札に凍りついていて、部屋の暖かさでそれが融《と》け柔らかくなり、うっすら灰色のカビ臭い匂いが広がっていき、春が来たときの野山の木の腐った匂いのようだった。

明るい日射しが黄金色に輝き、窓を隔てて見ると、光の炎が目に注がれるようだった。妻はその光の中で勘定していた。百元札を平らに伸ばして重ね、五十元札を伸ばして百元札の上に重ねていき、次は賽銭の山の中から二十元札を選び出していく。それは秋の終わりに村の女たちがムシロに座って穀物を選別しているようだった。息子は五歳半で、たくさん字を知っていて、炕から飛び降りてくると、お金を数える手伝いをし、一元札を一元札の所に、二元札は二元札で一か所に集め、口の中では「一、二、三……」と数えていて、子供の声のリズムは経典の中の詠唱のようだった。

道士は部屋から出た。

妻が来ないときで、お参りに来る人が多いときには、道士も徒弟と一緒に夕陽のなか門を閉じると、妻と同じように賽銭箱のお金を勘定していた。しかし後に、この紫雲観の正式な道士になってからは、賽銭の勘定は徒弟に任せた。面倒だったからではなく、戒めだった——道士たるもの神聖でなくてはならない、お金に関することは徒弟に任せ、お金の匂いを薄めなくてはならないと。今は、妻と子供が賽銭を勘定しているので、部屋から出てお金から少し遠ざからなければならなかったのだ。お金から遠ざかることは、当然神に近づくということになる。神に少しでも近づくため、彼は庭の中央に立ち、六層の石の台の上の門と、門の中の道教の神像を眺めた。門のペンキは剝《は》がれ、彫られた道教の言葉の対聯《ついれん》には「一が二を生み二が三を生み三が万物を生む　有は無のため無は有のため無が有ることで有が無い」とあったが、これもペンキを塗り直さなくてはならなかった。それから呂洞賓の像については、なぜかずっと願っていることがあった。いつか寄付を募るか政府にお願いをしてまとまったお金を賜り、この土の像には出ていっていただき、老子の金箔の木像か大理石の彫刻に来ていただきたいと。そう考えると、呂洞賓に申し訳なかった。彼も八仙の中の大切な一人だったから。まるで人に食べさせてもらっておきながら、その人への恩をぶちこわす賊のような気がして、そういう風に考えている道士の頭はうなだれていき、視線を御堂から門の外の山道へと下ろしていった。

道の向こう側には、道士の茶色の車が停まっていた。車のこちら側をちょうど一人のおばあさんが歩いていて、膝《ひざ》が悪い彼女は、雪道を足を引きずりながら歩いていて、一歩歩くごとに倒れそうなのだが、決して倒れることはなかった。冬に入って大雪で狭い道が凍りつくと、上りはまだ良いものの、下りは一歩足を滑らせれば、道の向こうの谷に転げ落ちてしまう。転げ落ちたら命はなく、鋭い叫び声だけをこの世に残すことになる。道観の中から外を見ると、道までは階段が七、八段あり、道士が道観の中からそのおばあさんを見下ろすと、その様子は、菩薩が雲から地上の自分をお参りしてくれる人びとを見ているかのよう、老子が山の頂に立って麓で彼を探し回っている人を見ているかのようだった。哀れみを感じ、彼女が道観の向こうの小さな部屋が一間しかない廟の菩薩を拝みに行くのは知っていたが、それでも道士は庭から出ていくと、階段の最後の一段まで降り、彼女の寒そうな背中に向かって叫んだ。

「三ばあさん――おいでなさい、悪い足に鍼を打ってあげよう」

おばあさんは立ち止まると道士の方を振り返り、しゃがれたバカにしたような声で言った。

「わしが信じとるのは菩薩様で、呂洞賓じゃないわ！」

そしてまた歩き始め、足を引きずってはかしぎ、雪道の上を跳び跳ねる冬のバッタのようだった。

その階段の端にぼんやり立っていると、豚の燻製肉を焼く香ばしい香りが漂ってきた。山の下の谷の白い雪の上は、黒く枯れた木の枝と青い氷で縫われていた。道士はしばらく立っていたが、階段を踏んで道観に戻っていった。前から漂ってくる肉の香りは、昼の日射しの中で暗い赤色の糸となり、柔らかい刺繍糸《ししゅういと》のようだった。彼は香りを追いかけながら、道観の東の台所と徒弟の宿舎が兼用になっている部屋をちょっとのぞき、自分の住んでいる道観の西側の部屋へと歩いていった。

妻と息子はすでに賽銭を数え終わっていて、五十元と百元が一緒に一山になっていた。その他の二十元、十元、五元とさらに小さいのは別に一山になっていた。額が大きいものが下、額の小さいものが上だった。一番上は角の紙幣と硬貨だった。道士は入ってその二山のお金を見た。一方は高く一方は低く、一方はくずれ一方は立っている二本の塔のようだった。妻はちょうど百元札を持ち、お札に描かれている偉人を指さして子供にその歴史と物語を話して聞かせていて、道士の影がテーブルの上に落ちると、振り返って時候のあいさつでもするかのように言った。

「全部で六百元ちょっとだったわ」

「三ばあさんに少し恵んでやろう。隣の菩薩様の所だ」

妻は道士をしばらく見つめて、言った。

「いくら？」

道士はちょっと考えて、言った。

「細かいのを彼女にやろう。大きい山で見栄《みば》えがいい」

この時、玄明が東の部屋の中で叫んだ。豚の燻製の炒め物は塩は多めにしますか？　少なめにしますか？　お米はもう炊きあがってますよね？　お子さんには別に何か作りますか？　玄明はもうすぐ二十歳で、顔にはニキビがいくつかあってふくらんだ種が地面に埋まっているようで、黒い道帽がその種を青紫色にして、いつでも爆発して芽を出しそうだった。彼は戸口の日陰の所に立っていて、もう一歩前に出ると太陽の下に出るのだが、前には出ず戸口の中のままで、戸口の枠が彼の手足を引っ張って外に出そうとしていないかのようだった。頭を上げ、手を口に当ててラッパにして喉《のど》をからし、彼の赤く震える声が庭に響いた。しかし彼が全部叫び終わる前に、道士が向かいの部屋から出てきた。妻も道士の後について出てきた。二人は、庭の中央に相前後して立ち、道士は不快感を露わにして怒って言った。

「私はまだ死んでないぞ、そんな大声で法要でもやるって言うのか！」

玄明は腹を立てず戸口から外へ出てくると、笑いながら師匠の前に立ち、師匠の服をじっと見て、師匠の服が整っていてとめていないボタンが一つもないのを見た。今度は視線を師匠の奥さんの服に移して見て、見終わってからヒヒヒと笑ってきいた。

「何事もありませんでしたか？」

道士は徒弟を蹴《け》りつけると、三人ですぐに東の部屋の中に入った。一緒におかずを炒め、御飯を蒸し、鍋を吊し、皿を洗い、御飯を装《よそ》った。あっという間に四種類のおかずと、大きなお碗、小さな碗に御飯を装い、杯を持ち、西の部屋の中に向かっていった。西の部屋の中は日も良く入り、炕も暖かかったので、東の部屋で作った料理を西の部屋に持っていって食べようと思ったのだ。しかし、その西の部屋の中に料理を持って入ったとき、状況はまったく違ってしまっていた。別の問題が起こったのだ。もともとテーブルの上にあった、二山に積み重ねられていたお金は一山減り、テーブルの上にあるのは半分崩れたような山で、反対側の半分は薄い雲一枚もない空のように空《から》っぽだった。無くなった一山は、背の低い五十元と百元の方だった。残っていたのが、高くたくさんだった二十元、十元、五元と二元、一元や角のお札と硬貨の塔で、道士の息子はさらにその十数枚の硬貨を大きいものから小さいものへと積み木のように紙幣の真ん中に重ね、銀色の硬貨の塔を積み上げていた。彼は高く積み上げることができて嬉しくて、両親と弟子が料理を持って入ってきたとき、笑顔で硬貨の塔を指さして言った。

「見て見て——僕が並べたんだよ！」

母親はきいた。「こっちにあったお金は？」

「三ばあさんにあげちゃったよ」息子は興奮して「外へ出たとき、ちょうど三ばあさんが門の所を通り過ぎるのが見えたから、すぐに戻って三ばあさんに持っていってあげたんだ」母親はガチャンと大きな音をさせて料理や茶碗をテーブルに置くと、息子の後頭部をしばきあげた。「誰がおまえに渡せって言った？　誰がおまえに渡せって！」大声で責めながら、続けざまに恨みがましく言った。「渡すなら渡すで少ない方を渡せばいいのに、何で五百元の方を渡して、この百元ぽっちの方を残したのっ？」子供は泣いた。「うえーん！」その泣き声は天に穴をうがつがごとくで、部屋は五歳の不満と無念で一杯になった。「少ない方を渡すんじゃなかったの？」彼は泣きながら弁明した。「あっちはあんなに低くて、こっちはこんなに高いじゃないか、だから低くて、少ない方をあげたのに！」

道士の妻は言葉を失い、テーブルの横に立って、息子が残したたくさん積み重なった、高く積み上げられたお札を睨《にら》んでいた。お札の上の銀の塔はくずれて、一分《フェン》、二分の硬貨が床じゅうに散らばっていて、窓から入ってくる日の光を受けて、蒼穹《そうきゅう》に煌《きら》めく光のようだった。子供の泣き声は、その星空の夜に起こった風のようで、ウーウーと野原じゅうに響いていた。その泣き声の中には涼しいような冷たいような感じがあった。その鳴き声の中にさらにあったのは、風を遮る壁のような余計なものだった。

徒弟はその余計な壁のようにそこに立ち、手には二膳の御飯を持っていた。

道士は突然笑って徒弟のそばをぐるっと回っていくと、まず子供の頭を撫でて、テーブルの上のくずれたお金が冬に咲いた菊のようなのを見ながら言った。「おまえは正しいことをしたんだ、間違ってなんかないんだよ！」子供をあやそうとしているのか、本当にそう思っているのかわからなかったが、彼は大声で笑いながら言うと、妻の方に目をやり、何かを証明するような目つきで妻を見た。

妻は怒って、口をへの字に曲げて床を蹴った。

「この子は量の少ないのを持っていってあげたんじゃないか」道士は言った。

妻は何も言わず、突然息子の所まで行くと、道士の胸から息子を奪い取り、冷たい目で道士を見た。

道士は笑うのを止めた。

道士も冷ややかな目で氷のような妻をしばらく見ると、フンと鼻を鳴らし、突然身を翻して、炕のそばのタンスの引き出しを開けた。百元札の束を取り出し、十枚数え、残ったものはまた引き出しに戻して、開けた引き出しをちゃんと閉めると、また振り向いて一歩半前に進み出て、その十枚の百元札を妻の胸に押し付け、冷ややかな声で言った。

「千元ある、十分だろう?」

妻は答えず、ただびんたを喰らったような目を道士の所作に向けていた。子供ももう泣き止んで、不思議そうに父親と母親を見ていた。徒弟ははたと何かわかったかのようで、そっと手に持っていた御飯をテーブルの上に置いた。「まあ、まあ、ケンカしないで。真冬に、遠くからおいでになって、めったに会えないんですから」そう言い終わると本当に自分が余計ものだと気がついたようで、さっさと部屋の外へと引き上げていった。部屋の中は道士一家だけになり、炕の中の燃え尽きそうな薪の音まで聞こえそうに静かだった。冬には死んでいるはずのコオロギが炕の裂け目にいて、このとき外に這《は》い出して炕の縁を這ってキョロキョロしてから、また何事もなかったかのように炕の裂け目へと戻っていった。太陽の光は、相変わらず力強く気前よくテーブルと煉瓦《れんが》造りの炕を照らしていた。ハエが一匹豚肉の炒め物の皿の上に飛んできて、食い意地の張った細くはっきりした音を立てた。子供はお金の金額の大小と数の多い少ないの違いがわかったらしく、母親の胸の十枚の百元札を手に取ると、笑いながら母親の目の前に伸ばした。彼が三ばあさんに渡してしまった五百元が千元になって戻ってきたかのようだった。

母親はその千元を奪い取った。

彼女はその金を握りしめ道士の顔から視線を戻すと、テーブルの前をぐるっと一回りして、道士が開けた引き出しを開け中をしばらくじっと見つめ、バンと引き出しを閉めると、後ろに二歩下がり、道士と向き合うと迫って言った。

「あなた今夜は家に帰るの？」

「いいや」

「なぜ？」

「神がそうさせないんだ」

妻はまた道士をしばらく冷ややかに見据えて、舌を口の中で転がすと、突然道士の顔に痰《たん》を吐きかけ行ってしまった。風のごとく西の部屋から外へ吹き出し、道観から外へと吹き出ていった。道士はずっとそこに立って身動きせず、顔を流れ落ちる痰をぬぐいもせず、ただその痰が目尻から口元へ流れ落ちそうになると、手で止めて、外に向かって叫んだ。

「玄明——車で妻と息子を下まで送ってやってくれ」

また食事するほどの時間が過ぎ、玄明が戻ってきた。車を道観の前のあの平地に停め、夕陽を踏みながら階段を上がって道観の中に入ると、師匠は西の部屋にはおらず、御堂の中で洗面器に水を入れ、手に一枚ぞうきんを持って、呂洞賓の肩につかまり、頭や、顔を拭き、体を洗って、呂洞賓の体に少しの埃も残らないようにきれいにし、金銀で飾られた体が西日の中で目にまぶしいほど色とりどりに輝くようにしていた。玄明はその神像と師匠の下に立って、見上げて独り言のように師匠に向かって言った。

「奥さん変なんですよね、途中であの異教の三ばあさんのところを通り過ぎようとしたら、曲がって彼女の所へ入っていって、あの千元も三ばあさんにあげちゃったんですよ」

ぞうきんを持っていた師匠の手は宙で止まり、呂洞賓の胸の所を押さえ、何か言おうとしたが、言葉は出てこなかった。玄明はさらに顔を上に向けて師匠の顔を見上げた。

「師匠、親が私に結婚相手を紹介するって言うんですが、帰って会ってみてもよろしいですかね？」

「会うがいい」師匠は大声で言った。

「仰せに従います」玄明は笑いながら顔のニキビをつまんで言った。「会えと言われれば会いますし、結婚しろと言われれば結婚します。結婚するなと言われれば、独身を通して、一生神々と共に過ごします」

そして師匠から汚れた水の入った洗面器を受け取ると、新しい水に替えに行った。庭の中央で、玄明は頭の真上の天の雲を見た。割れたガラスのようにキラキラ光り、この冬の雪のように明るく真っ白で、また部屋の炕《カン》のように暖かかった。

信徒

初めて地が天を見て、天が地を見た、その発見と出合いによって、世界と原初はもう同じものではなく別々のものになった。

六十二歳の王慶和は、七十九歳の八おばさんが箸《はし》を縛って作った十字架の前でお祈りを捧げているのを見かけたとき、最初は、とんでもないとか、たいしたもんだとかいうことはさて置いて、立ち止まってちょっと笑うと、八おばさんに持ってきた蒸したての蒸しパンを部屋の中に置き、八おばさんを驚かさないように彼女の家から出ていった。小さな庭の、古い家で、部屋は二つ、壁の割れ目からは外の世界の光が見えた。ベッド、テーブル、椅子《いす》と部屋の家具、その配置は、八おばさんの天地として統一されていた。その天地の片隅の客間の壁際の、テーブルの上の年月を経てできた裂け目に、赤い箸の十字架が刺さっていた。横は半分に折った箸、縦はまるまる一本の箸で、麻紐《あさひも》で縛ってあり、まるで天の空白のように簡単でお粗末なものだった。その部屋の中で、八おばさんは背中をまるめ、その十字架の前で頭を垂れ、手を合わせ、口ではお祈りを唱え、その敬虔《けいけん》で一心に祈る様子は、訪れた人が声をかけるのもはばかられるほどだった。人をここまで敬虔に従わせる力がキリストにあろうとは本当に思いもよらないことだった。

もう七十九歳の八おばさんがイエスを信じるようになったことを考えると、王慶和の心は、闇夜によって暗く底知れぬ淵に連れていかれたかのようだった。壁を一つ隔てた隣で、八おばさんの家から戻るのには十歩か二十歩そこらだったが、その十歩二十歩が、彼には二十里の道となり、思いは巡り、考えはこんがらがり、果てなき荒野を一人で歩いているかのようだった。八おばさんは若い頃はお針子で、中年になって夫を亡くし、今、年を取ってから信徒になった。実際笑える話で、文字はひとつも知らないくせに、イエスを知ったのだ。なんでイエスを信じることができるんだ？　なんでキリスト教徒になれるんだ？　この疑問で王慶和の頭の中は、四角や丸でグチャグチャになり、彼の両足はその場で足ぶみしているかのようだった。

王慶和はもともと村長で、二十数年務めあげて、退職してからは家でのんびりしていた。子供一家は都会にいて、自分は連れ合いと家で野菜を植え、口喧嘩《くちげんか》し、そして人生も残りを数えるようになると、ほかにやることもなかったので、家を村の展示室のように整えることにした。二階建ての新しい家で、大きな庭があり、煉瓦《れんが》の壁の一面には農具だけを掛け、もう一面にはその農具で収穫したトウモロコシやニンニクの束、柿や干した野菜を吊《つる》した。家の数十平米の大きな客間は、天井が高く広々としていて、壁は新しく真っ白で、正面には巨大な二枚の国家指導者の肖像がかかり、一枚は毛沢東《もうたくとう》でもう一枚は現職だった。両側の壁の一方には外国の偉人のマルクス、エンゲルスとレーニン、スターリンが、もう一方には中国の偉人の周恩来《しゅうおんらい》、劉少奇《りゅうしょうき》と朱徳《しゅとく》、鄧小平《とうしょうへい》がかかっていた。バックは一方が空の青、一方が太陽の赤で、そのため部屋は光に満ちあふれ、雨の日や冬でもキラキラと光り、輝きと温もりに満ちていた。これらの偉人の肖像画は、息子が町で買って恭《うやうや》しく持って帰ってきてくれたもので、村じゅう探しても、かつての村長である王慶和のこの家ほど愛情をこめ、神聖な雰囲気を作り出して貼ってあるところはなく、肖像画と肖像画の間は、ガラスとガラスを並べたようにまっすぐぴったり合わさっていた。肖像画の下の机、机の下の椅子そしてソファー、ソファーの前のテーブル、テーブルの上の湯飲みと急須《きゅうす》、それから偉人の肖像画の上下二列のライト、それらすべてがかつての村長の慎みと自覚を表していた。彼は村長のときにも、孤独な未亡人である八おばさんの面倒を見てきたし、村長でなくなってからも、息子も娘もいないお隣さんとして、御飯を炊いたり、蒸しパンを蒸したり、肉や野菜を炒めたときには持っていってご機嫌をうかがい、面倒を見てきたのだ。しかし最後の最後になって、八おばさんはイエスを信じ、神の子になったわけで、ちょっとばかりわけがわからなかった。ちょうど彼の息子に息子ができて、妻と離婚したいと言ってきたときと同じようだ。息子の離婚問題を解決するのはとても簡単で、町から呼び戻して一発殴るだけだった。

「まだ離婚するつもりか？」

息子は黙り込んだ。

さらに足で蹴りつけると、息子はよろめきながら後ずさり、部屋の机の下に隠れると、唇を噛《か》んで上目遣《うわめづか》いで、両目に涙を溜めて言った。

「父さん、もう絶対離婚するなんて言い出さないから」

体の埃《ほこり》をはたき、荷物を持つと息子は戻っていき、問題は春になったら花が咲くように解決した。しかし八おばさんの問題は一発殴って冬から春にするわけにはいかず、さらにもう一蹴りして信仰をよろめかせることもできるわけがなかった。家に戻ってから、考えながら部屋でぼんやりしていると、秋の終わりの肌寒さで庭は黄昏《たそがれ》色になり、部屋は薄暗さに覆われていった。落ち葉が庭から舞い込んで、ひそひそ話でもするようにカサコソ音を立てた。連れ合いは娘のところに行っていて、彼は一人、部屋の中でムカムカ思い悩み、憂い悩んでいるうちに、ドンと椅子の上に立つと、正面に貼ってある二枚の偉人の肖像画をしばらく見つめ、現職のを壁からはずすとクルクル丸め、瓶に入った糊《のり》を持って八おばさんの家に向かった。

八おばさんはちょうど彼が持っていったできたての蒸しパンを、白湯と漬け物で食べているところで、歯の少ない口をモグモグさせ、ふいごのように押したり引いたりしていた。王慶和を見ると、この蒸しパンはおいしくできてる、真っ白で歯ごたえもあって、夏の畑一杯に漂う麦の香りがすると言った。王慶和はスープでも作って一緒に食べなくちゃと言った。そして外から部屋の中にズンズン入っていくと、テキパキと現職の肖像画を正面の壁に貼り、テーブルの上の箸の十字架を引き抜いて隅へ置き、それから数歩下がって肖像画が曲がっていないかどうか確かめた。

八おばさんは体を起こすと村長にきいた。「村長さんが貼ったのは、どなたの絵ですかの？」

あっけにとられ、八おばさんに国家について一くさり話して聞かせようかと思ったが、ちょっと考えるとすぐにそれをあきらめた。ベッドの枕元に行くと彼女の旦那《だんな》の位牌《いはい》と息子の遺影を取って、テーブルの上の十字架の刺してあったところに置くと振り向いて大声できいた。

「イエスを信じてるんですか？」

八おばさんはちょっと考えてからうなずいた。

「イエスを見たことがあるんですか？」

八おばさんは首を横に振った。

「聖書は持っているんですか？」

八おばさんはしゃべらず、ただ恐る恐る王慶和の顔を見ていた。

「わしは字が読めるから、聖書の話を読んだことがあるが、わしが信じられないのにおばさんがなんで信じられるんかの？」王慶和はそうきいてからしばらく黙りこみ、フンと鼻を鳴らして言った。「これから祈りたいときは線香を上げて、旦那と息子の前で祈ってください」それから横に放って置いた十字架を手に取ると「もう秋も終わりで、寒うなってきたし、おばさんのところの後ろの壁の隙間《すきま》、大きいからなあ、風が吹き込んだら寒いでしょう？　わしがこの肖像画で裂け目を塞《ふさ》いであげましたから、おばさんがこの肖像画の前に立ったり、跪《ひざまず》いて線香を上げても、もう寒くないですよ」と言った。

問題はこうして解決した。

八おばさんの問題は、息子の問題のときのように春が来て緑が芽吹くようには解決しなかった。息子には離婚させず、さらに嫁には早く二人目を作るようにさせた。八おばさんは、少なくともたった一本と半分の箸でイエスに身を捧げさせるわけにはいかなかった。再び八おばさんの家から自分の家に戻って、王慶和は今日は一仕事やったと感じ、お腹《なか》一杯食べたみたいに満ち足りて落ち着いた気持ちだった。晩御飯もしっかり食べ、お腹が張るくらいだった。二つの大きな蒸しパンとスープを一杯半、一皿と半分の肉野菜炒めと、白酒《パイチゥ》を百グラム平らげた。夜は家の瓦が震えるほどのいびきを掻《か》き、夢には国家の指導者である毛沢東、鄧小平、周恩来と朱徳、現職の指導者たちが出てきて順番に彼を接見し、みな握手を求めてきた。

その夜は本当にぐっすりと眠った。

翌日起きてから、王慶和は両手を目の前に掲げて長い間見ていた。顔を洗う時にも洗わずに、手の表面の何かがなくなってしまうのではと恐れるように、ただ指先でサッと水を散らして、目の周りを湿らせるだけだった。しかし顔を洗い終わって、ちょうど御飯を食べているとき、八おばさんが彼女の家からフラフラとやってきた。彼女は朝の屋台の卵入り煎餅を王慶和に一枚持ってきて、客間に貼ってある偉人の肖像画のように王慶和を見つめると、もう一枚ゆずってほしい、この肖像画は紙が良くて、壁の割れ目に貼ると風が通らず、夜寝ているとき隙間風の量がずっと少なくなったと言った。八おばさんの話を聞いて、王慶和の顔は光り輝き、この年にしてまだ女性とのあれが現役であるかのようにツヤツヤした。彼は持っていた箸とお碗を置いて両側の壁に顔を向け、キビキビと西の壁のマルクスの肖像画をはずし、東の壁から鄧小平の肖像画をはずすと、立ったまましばらく眺め、東西の壁の肖像画がそれぞれ三枚ずつなのを見て、持っていた二枚の偉人の肖像画を丸めると八おばさんに手渡した。

八おばさんは礼を言うと偉人の肖像画を持って家に帰った。

そのままおかずと一緒に御飯を食べ、八おばさんが持ってきてくれた卵入りの煎餅に手をつけ、モグモグ食べて呑み込むと、おいしくて口元から油が垂れてきた。しかし食べ終わり、食事が終わると、どうしてだか王慶和はドキリとして、慌てて隣の八おばさんの家へと駆けつけた。

はたして事は王慶和の思うようにはなっておらず、八おばさんは元村長が昨日貼った現職の指導者の肖像画を、お針子をしていたときの腕前で、キュウリやナスや、魚やエビ、リンゴや梨や桃などの形に切り取って、家の壁の隙間の大きさに合わせて、短いところには野菜の葉っぱを、長いところにはキュウリを、穴にはリンゴや梨を当てていたのだった。壁は果物や野菜の段々畑のようになっていて、色とりどり、春になると開かれる村の農産物の市場みたいで、古い壁にはにぎやかな宴《うたげ》の雰囲気が漂っていた。王慶和が来たとき、八おばさんは部屋の真ん中に立って壁に貼られたにぎやかな宴会の様子を見ていて、その表情にはまるで元村長が昨日肖像画をきっちり貼ったときと同じように、笑みが浮かんでいて、ボロ布が赤く染まっているかのようだった。ちょうどその時に入っていったので、入るなり、彼の顔は蒼白になり、まるで誰かにびんたを喰《く》らったかのようだった。

「これは何なんです?」村長は壁を指さしてきいた。

「まるで天国みたいじゃろう?」八おばさんは子供のように笑いながら言った。「あたしは天国ってところは、どこもかしこも新鮮な果物や野菜だらけで、食べきれんほどの魚やエビ、食べきれんサツマイモやダイコンだらけじゃと思うとるんじゃ」

床一杯の紙くずを見て、王慶和は野菜や果物を収穫し終えた後のそれらの紙くずを踏み越え、向かいの壁から果物野菜を剝《は》ぎ取ると、丸めて部屋にばらまき、目を剝《む》いて八おばさんに向かって怒鳴った。

「わかってるんですか? 文革のときだったら裁判にかけられ、銃殺ですよ!」

八おばさんは肖像画の切り抜きで一杯の壁の下で、足下の偉人たちを見、目の前の冷たい目をした元村長の顔を見、鶏の爪のような指を胸の前に置き、あごを引いて、ずっとパクパク動かしていたが声は少しも聞こえなかった。太陽は家の外で高く昇り、壁の裂け目から新しい光が透《す》けて射し込み、八おばさんの家の床に点々と落ちていた。どこもかしこも光の丸い点だらけで、そこかしこに銀貨が貼り付いたか転がっているようだった。「部屋を掃除して、この肖像画の紙は全部焼いてしまいなさい」そう言い聞かせると、王慶和はそれらの紙くずの上を飛び越えて出ていった。行ってしばらくしてまた戻ってくると、彼の家に貼っていた偉人の肖像画をすべて巻いて持ってきて、さらに古新聞も一杯抱えていた。彼は八おばさんにサツマイモの粉を煮詰めさせ糊を作らせると、古新聞を八おばさんの家の四方の壁に貼り始めた。一枚一枚並べてこっちを押さえあっちを揃え、表の部屋、裏の部屋、二つの部屋の古い壁はすべて糊付けされ、八おばさんの家のボロ屋には裂け目も穴も一切なくなり、新しい白い光に包まれた。続いて彼は考えに考えて、自分の家の毛沢東の肖像画を八おばさんの客間の正面の壁に貼り、残りの三枚の外国の偉人の肖像画を横壁の一方に、もう一方の壁に中国の三枚の偉人の肖像画を貼り、八おばさんのこの部屋を仕切る客間の壁はすべて新聞と文章で埋め尽くされた。新聞の文章の上にはきっちりと偉人たちの肖像画が貼られ、さらに八おばさんの夫の位牌は毛主席の肖像画の下の机に並べられ、息子の遺影は位牌のそばに寄せて置き、それから部屋のすべての紙くずと、かまどにくべる小枝や藁《わら》をすっかり掃きだすと、八おばさんがこっそり枕元に立てていた十字架は、引っこ抜いて紙に包んで丸めて庭の外の道端の便所に放り込んだ。八おばさんの家は隅から隅まで清潔になり、部屋じゅうに歴史の光が満ちあふれた。

八おばさんの家から離れるとき、村長はもう一度八おばさんの家のピカピカの新しい部屋の中央に立って、傑作を鑑賞するかのように部屋の中を見渡すと、出てきて笑いながら八おばさんに言った。

「これでいいでしょう?」

「明るうて、暖かいのう」

「イエスがあなたの代わりに貼ってくれますか?」

八おばさんは微笑《ほほえ》んだまま「貼ってくれたんは、村長で息子代わりの王慶和じゃ」

王慶和は体の埃を払うと、八おばさんの家を出た。秋の終わりの庭は部屋の中よりずっと涼しく、空は青く氷に覆われているようだった。落ち葉が木の枝から舞い落ちてきて、冬の寒さを軒下に運んできた。もうお昼御飯の時間だったので、八おばさんは元村長のところに食事を作りに行こうとしたが、村長はあの卵入り煎餅を多めに買ってきてくれと言うと帰っていった。その足取りは軽く体が浮き上がりそうだった。歌でも歌うか芝居の一くさりでもうなろうかとも思ったが、すぐには歌の文句も芝居の科白《せりふ》も思い出せなかったので、八おばさんの家の門の前の道で立ち止まった。村の大通りは広々としていて、暖かい日射しが綿布のようで、人の行き来はその上をまるで影のように動いていて、一幅の絵のようだった。冬の暖房用の石炭を運ぶ車が走り、薪《まき》を売る馬車が縛ってまとめた薪を積み上げて通り過ぎ、薪は雲のように真っ白だった。ひづめの音がアスファルトの道路に響き、村の郊外にある廟《びょう》の木魚の音のようだった。今日は冬になる前の最後の市が村に立つ日で、四方八方の村人たちがみんなこの市に集まっていて、あわせの服を着ている者もいれば、綿入れを着ている者もいた。流行に敏感な娘たちは赤いセーターを着て、火の塊のようになって南から北へ肩を寄せ合いながら歩いて行った。王慶和はそのにぎやかな様子を描いた絵に迎えられながら家に向かい、庭の入口で台所から漂ってくる炒め物の匂いを嗅《か》ぐと、門の外に立って、台所に向かって叫んだ。

「酒がなくなったから一本買いに行ってくる！」その声は喜びに満ちていて、通り全体を震わせた。

冬になった。

冬に入る前に王慶和は自分の家の客間も新しくやり直した。もう偉人の肖像画を貼るのはやめにして、正面の壁には偉人の客間に貼られるような縦一メートル五十、横三メートル五十の「黄山迎客松」を貼り、それから東の壁にも正面と同じように巨大な「千里黄河図」を貼り、西側には同じ大きさの「長江万里図」を貼り、客間を果てしなく壮大な雰囲気にし、誰が来てもそれを見ると一様に大声をあげるのだった。「いや村長、お宅は違いますなあ。まったく違う！」

　しかし冬になると家を訪れる人もめったにいなくなった。人がいなくなると、その雪をかぶった松、滝壺《たきつぼ》、流れる黄河、長江の水は、元村長の家の寒さをことのほか際立たせ、客間は氷河のようだった。二十四節気の大寒のこの日、寒さは犬も猫も縮こまって壁際から主人のそばにうずくまるほどになった。また雪が降り、雪はニレの実か梨の花びらほども大きかった。村の通りには、人っ子一人おらず、誰もが部屋の中で猫のように丸まって冬の寒さの中を過ごしていた。大寒の一日を乗り切るため、元村長は火鍋を食べることに決めた。肉はしゃぶしゃぶにし、春雨や白菜をグツグツ煮れば、部屋も暖まり、大寒でもぬくぬくとしそうだった。しかし妻に火鍋の材料を準備させているとき、元村長は壁の川や松の絵を見ているうちに、突然八おばさんの家の偉人の肖像画を思い出した。そしてまたこの大寒の日が、八おばさんの誕生日だということに気がついた。偉人たちと一緒に過ごしたいのか、八おばさんの誕生日を本当に祝いたいのかはっきりしなかったが、結局妻に火鍋のスープ、肉、白菜、キクラゲ、春雨、全部を八おばさんのところへ持っていかせた。

　元村長は火鍋が煮えた頃を見はからって家を出た。門に鍵をかけ、傘を差し、膝《ひざ》ほどの深さの白い雪を「ギュッ！　ギュッ！」と音をさせながら八おばさんの家に着き、傘を門の入口の隅に立てかけると、ブリキの白い煙突が家の真ん中のコンロから直角に外に出ているのが見えた。火鍋のテーブルはこの煙突の下にあって、火鍋のコンロは練炭で、その暖気で部屋は黄白色の煙の暖かい匂いで一杯で、赤色の辛い香りも漂っていて、部屋はしっとり落ち着いて、銭湯の蒸気と同じようにほんわか暖かかった。部屋に入り、座って、線香の煙がまとわりついている壁の偉人たちを見て、自分で一杯注いで、八おばさんに半分ほど注いでやり、誕生日のお祝いだ、飲まなくても口を付けるだけでもと言って、自分は一杯飲み干して杯を置こうとしたときに、部屋の異様さに気がついた。すべての偉人の肖像画は依然として同じ場所に貼ってあり、笑っている者は笑い、厳粛な者は厳粛だったが、しかしどの肖像画の下にも、赤い割り箸で作った十字架がまたあったのだ。箸の十字架は糊で壁に貼り付けてあり、それは偉人の体から落ちたろっ骨のようだった。王慶和は愕然《がくぜん》として黙り込んだ。八おばさんがこんなことをするとは思ってもみなかった。そして八おばさんがどうしてこんなことをするのかもわからなかった。背中をドアに向けると、向かいはちょうど毛主席の肖像画でその胸の下には箸の十字架があり、両側に頭を向けて見ると、それぞれ三枚の肖像画で、三枚の肖像画の下には三つの十字架があった。しかしきっちり整列していて、どの十字架も絵の下にピッタリくっつけてあり、絵の左右のちょうど真ん中で、まるで美術館の壁に掛けられた芸術作品だった。この時、王慶和の顔は真っ赤になり、手は宙で固まり、まだ置いていなかった杯は宙で固まった氷の杯のようだった。まず言葉を呑み込んで黙り、ちょっと経ってから口の中の白酒をゴクリと呑み込み、手に持った杯を宙からテーブルの上にドンと置くと、最後に一方に座っている八おばさんの顔に目を向けた。

八おばさんは王慶和がどうして怒っているのかわかっていて、自分も肖像画とその下に貼り付けた十字架の方に顔を向けた。

「慶和や」八おばさんは口の中の春雨をモグモグやりながら言った。「十字架はみんな絵より下じゃろ、ということはみなさんイエス様より上ということじゃ」

「一枚だけでも大ごとだが」王慶和は冷たく言った。「どの絵の下にも貼り付けるとは！」

「このお偉方さんたちはいったい誰がいちばんなんじゃろう？」八おばさんは絵を見渡しながら元村長にきいた。「一つ貼り付けるとしたら、誰のところじゃろうか？　ほかに貼らんかったら、焼き餅を焼くんじゃなかろうか？」

元村長の妻はプッと吹き出した。笑いながら八おばさんの顔を見、また夫の王慶和の顔を見て、二人が少しも笑っていないので、八おばさんが本当にそう思っているのだとわかった。夫も本当にそう思っているようだった。彼の顔には八おばさんのようなおかしみも緩《ゆる》やかさもなく、依然顔を強《こわ》ばらせ、依然目の前の偉人の肖像画の十字架を睨《にら》み付けていて、立ち上がるとその十字架を全部取り外そうとしたが、妻が冷たい目をして言った。

「今日は八おばさんの八十歳のお祝いなのよ！」

この一言で、元村長はまた腰を下ろした。ためらいながら、置いた箸をまた取り上げると、杯を持ってまた自分に酌《しゃく》をして、巻き上がった湯気の霧の中から視線を引き上げ、「食べ終わったら両側の壁の十字架は全部取るんだ、正面の毛主席のだけは残すんだ」と言った。声の調子には妥協と忍耐があり、八おばさんの信仰を認めざるを得ないかのようだった。

八おばさんは身をよじって彼女の後ろの壁の一列の十字架を見ると、誰かが手を伸ばしてつかんだかのように顔じゅうの皺《しわ》を動かした。しかし続いて、元村長の妻が肉を二枚はさんで八おばさんのお碗に入れて、また元村長を睨んで舌打ちして責めた。

「あなたはもう村長じゃないのに、まだこんなに人様に関わるなんて！」

この言葉で八おばさんは何か気づかされたようで、しばらく元村長を見つめてから、だんだんと釈然としてきたように笑うと言った。

「そうじゃ、あんたがもう村長じゃないっちゅうことを忘れとったよ！」

部屋はたちまち静かになり、湧き上がる蒸気の流れさえ、宙でシュッシュッと音を響かせた。火鍋の中は真っ赤で太鼓を叩《たた》くようにグツグツ音を立てていた。三人とも顔は火鍋の油でテカテカ光り、また油が氷《こお》ったように強ばっていた。この時八おばさんが真っ先にここは自分の家であることに気づいた。彼女は家の主人だった。元村長はただ隣の誕生日のお祝いに来た引退したお客さんに過ぎない。

「ほらほら、食べて、全部食べておくれ」八おばさんは大声で本当の主人のように元村長に野菜を装《よそ》った。元村長の奥さんの皿にも野菜を装った。三人ともうつうつと食べ始め、言葉はあっという間に少なくなり、まるで言葉の多い者が、自分は脇役で芝居で主役を食うべきではないとわかって、ただおとなしく舞台の上に沈み込み、ピッタリの科白を考えながら、再び主役に返り咲こうとするかのようだった。

そしてまた思いついて、言った。

「おばさんも食べて下さい、八おばさん、我々だけに食べさせないで」王慶和は言いながら手にした箸と杯を置いて、もう一度部屋の偉人の肖像画と肖像画の十字架を見渡した。「八おばさん、おばさんが何を信じ、何を信仰するかは自由です。しかし『聖書』の中のこの話を知っとりますか?」そうききながら視線を八おばさんの顔にやると、八おばさんの目が光った。その光は彼に付き従った。信徒が牧師について歩くように。王慶和はひと呼吸置いてから続けて言った。

「この話はわしが若いときに聞いたもんだが――あの頃、わしはまだ村の幹部じゃなかった。ある何かのお祝いの晩餐《ばんさん》のとき、イエスはもう誰かが彼を捕まえにくるのは知っていた。自分の弟子が彼を売ったことも知っていた。イエスは自分を売った弟子に最もおいしいものを差し出して、それでその弟子を感化しようとした。しかし結局、その弟子はありがたいとも思わず、イエスはその弟子の耳元で言った。『神がやりなさいと言ったことは、すぐにやりなさい』

「そこで、その弟子はすぐに出ていくと彼を売り、人を引き連れイエスを捕まえにいった。

「イエスは捕まえられ十字架に磔《はりつけ》になった。日に照らされ、喉《のど》は渇き、ついに十字架の上で死んだ。遺体は金曜日に園内の墓に納められた。しかし翌日、信徒はその日を何の日と呼んだのだったかな？　苦痛のため信徒は墓穴へイエスを見にいったのだが、イエスはすでにその墓穴にはいないのを発見した。

「イエスは復活したのだ。

「イエスは復活して墓から出てどこへ行ったか？　彼はすぐに園の内外をぐるっと回り、園の外のどこかを見た。密告した弟子は事の原因をわかっていて、イエスは何の落ち度もない人間であると知り、後悔して園の外の遠くへ行って首を吊ったのだ。イエスは急いでその弟子のところに駆けつけた。弟子はイエスが駆け寄ってくるのを見ると、最後の力を振り絞って彼に言った。『神が私に、私の名誉であなたを成就させ、後世の万人に私を唾《だ》棄《き》させ、先に死んだあなたを生まれ変わらせ、最後に私への寛大さであなたを神にするのだったら、私を万人に唾棄させ、神になるがいい！』

「そう言い終わると、その弟子は死んでしまった。イエスは、首を吊った弟子の前に立つと大声で言った。『神がそうしろと言うことであれば、神が言うようにしよう』と。そう言いながら弟子の死体を木から下ろすと、懇ろに弔った」

そこまで話すと王慶和は話を打ち切り、ずっと彼の話を聞いていた八おばさんの顔を見、口をぽかんと開けて聞き入っていた妻を見ると、うなずいて独りごちた。「若い頃に聞いた話だ、数十年も経ってから、どうして今日また思い出したのやら」

八おばさんはため息をついた。

「村長さんが言うたのは過越祭《ペサハ》のことじゃ、その日は安息日というて、イエスのことを密告したその弟子はユダというんじゃ」

元村長は声を一段高めた。

「そう、そう、ユダだ！　ユダが密告して、神が彼に運命を与えたんだ！」

火鍋は終わった。

八おばさんの誕生日も終わった。

外の大雪はずっと降り続いていたが、部屋の中は少しも寒くなかった。コンロの火があり、火鍋の火があり、さらに火鍋の熱い蒸気と唐辛子の辛みの香りがあり、部屋は丸ごとイエスが死んだあの日のように暑かった。あの日と同じように暑かったが、元村長のユダとイエスの話を聞いた後は、三人とも部屋が暖かいとは思わず、薄ら寒さを感じていた。暑いのか寒いのかわからない中、元村長と妻は家に帰り、八おばさんは二人を門の外まで送っていった。

翌日、雪がやんで、村全体が、通りが、すべて雪の日から目覚めた。門の前の雪を掃いたり、通りの雪を掃いたりしていた。八おばさんは自分の家の門の前に積もった雪を掃いてから、大通りの炭屋に行き、彼女の家に練炭を持ってくるよう頼んだ。練炭が切れたのだ。炭屋は通り二本向こうで、行き帰りにかかる時間は三十分くらいだったので、出かけるときに鍵は掛けずに扉を閉めただけだったが、戻ってみると、扉は誰かに押し開けられていた。驚いて慌てて中に入ると、壁に貼り付けた七つの十字架がすべて壁から剝がされて、壁に貼ってあった新聞もボロボロになっていた。十字架の箸はボキボキに折られ、一番長いのでも指先ほどしかなく、冬にチャンチンが風に吹かれて落とした枯れ枝のようだった。八おばさんはドアの所に立ち尽くし、一体何が起こったのかわからずぼうっとしていると、背後から二人の若者がやってきた。背の高いのと低いの、太ったのと痩《や》せたので、ちょうどいい組み合わせで、手には米と小麦粉とたくさんの野菜や果物などを持っていた。二人は入ってくると、担いでいたものをテーブルの上に置き、足で床一杯の箸を端に蹴飛ばし、八おばさんに親しみをこめて笑うと、もうすぐ年越しだから、村民委員会があんたに慰問品を届けるようにとのことでねと言った。そしてさっと笑顔を引っ込めると、八おばさん、あんたは独り者で、息子も娘もおらず、仕事もできず、政府の援助に頼ってやっていくしかないんだ——もし十字架がいいなら援助はなし、援助がほしけりゃ十字架はもう二度と貼り付けるんじゃない。言い終わると、八おばさんの顔を睨み付け、八おばさんの返事が署名であるかのように待ち続けた。

八おばさんはしばらく考え込んだ。

「わしには援助が必要じゃ」

「そうだろう」二人の若者は、部屋じゅうに散らばったバラバラの箸を拾い集めると、慰問品を残して立ち去った。

それからあと、本当に八おばさんが部屋に十字架を飾ることはなくなった。箸立ての箸が減ることはなかった。数日経っても箸は減らなかったが、八おばさんの食べる量はどんどん少なくなっていった。見る間に痩せていき、冬が終わる前には、風が吹いたら飛ばされそうなほどになった。村の病院に行って診てもらったら、病気でも何でもない、年を取ったからだと言われた。漢方医に診てもらったら、脈を診て舌を診て、年で気力がなくなっている、ゆっくり養生して気力が回復したら元気になると言った。しかし気力はますます衰え、元気も戻らず、ついに三九（冬至から十九日目から二十七日目までの九日間）の寒い日、ついに寝たきりになった。日々痩せこけ、水も喉を通らず、一言話すにも半日かかるほどになった。

八おばさんが死にそうだと聞いて、近所の人たちはみんな八おばさんを見舞いにいった。誰が見舞いにいっても、八おばさんはその人の手を握り、人生最後の力を振り絞ってこう言うのだった。「わしが死んだら、わしに胸に十字架を握らせておくれ」隣の元村長の妻が見舞いにいったときには、元村長の妻の片手を両手でつかんで言った。「わしの代わりに慶和に伝えとくれ、わしが死んで、棺桶《かんおけ》に十字架を入れてくれたもんに、この二部屋の家と土地は全部やると」しかし元村長の妻はただ八おばさんの手を握り「そんなこと言わないで、言っちゃだめ！」と言うだけで、八おばさんのベッドのそばにしばらく座ってから出ていった。

八おばさんのお見舞いに訪れる人は、次から次へとやってきて絶えることがなく、みんな卵でなければ粉ミルクを持参し、町で買った高価な栄養食品を持ってくる者もいたが、十字架を棺桶に入れてほしいという八おばさんの願いを聞き入れる者は誰もなかった。

王慶和は八おばさんの門の前に立って、自分は入っていかず、見舞いにきた近所の人なら誰であろうと、絶対に死んだら棺桶に十字架を入れてくれという八おばさんの頼みをきいてやってはならないと言って聞かせた。頼みを聞いてやったら、彼女はすぐに死んでしまう、断ればこの冬を何とか持ちこたえることができるだろうと。

果たして誰も彼女の頼みを聞いてやらなかったので、八おばさんは本当にひと冬を乗り切ったのだった。

春は、まず村はずれの柳の梢《こずえ》にやってきた。柳が緑になると、子供たちは柳の葉っぱの笛を吹きながら八おばさんの家の前を通り過ぎる。八おばさんは柳の笛の音を聞いて、冬が過ぎて春がやってきたことを知った。春が来たのがわかると、体に気力がムズムズ湧いてきた。試しにベッドから降りて、服を着て外へ出て、緑になった木々や市に集まってきた人びとが通りを行き交うのを見ていると、何か食べたくなってきた。この日、八おばさんは自分のためにたくさんの卵入り煎餅を買い、黒砂糖を入れたスープも作った。スープを飲み、煎餅を二枚食べると、体中に気力が音を立ててみなぎってきたので、大皿一杯の煎餅を王慶和に持っていった。王慶和の家の門をくぐると、玄関を挟んで一方は外、一方は中で、八おばさんは煎餅を王慶和の手に渡した。

「ありがとうよ、慶和や！」

王慶和もニヤリと笑った。

「宗教を信じないで、食べることだけを信じるのがいいってわかったでしょう？」

八おばさんも笑い、顔色は枯れ葉に色を染めたようだった。八おばさんの信仰と十字架についての話は、それ以後、町でも、通りでも、村はずれでも、誰も持ち出さなかったし、町でも通りでも近所でも何事もなかったかのようだった。村じゅうが精一杯、八おばさんの面倒を見て、村人たちはみんな八おばさんの子供のようだった。王慶和もしばしば八おばさんに野菜や米を持っていき、八おばさんの本当の弟のようだった。そして八おばさんもおいしいものを作ったら、王慶和のところに持っていくか、夫婦二人を家に招くのだった。王慶和を招くとき、八おばさんはいつも彼が壁に貼った偉人の肖像画の埃を払い、剝がれたところを糊付けするのを忘れなかった。

年月はこうして冬の窓を通り抜ける光のように静かに過ぎていった。

一年が過ぎ、また一年が経ち、八おばさんの家も、元村長の家も、村の通りの家もすべて、驚いた鳥の鳴き声さえ聞こえないほど静かだった。しかしそんなある日のことだった。春三月で、桃の花は滴るほど赤く、梨は赤ちゃんの頰《ほお》のように白かった。ちょうど畑はまだ忙しくなる前で、市もちょうど休みの日で、村人もご近所さんもみんな王慶和の家に集まり、客を迎える松や大河の絵の下で、落花生を食べ、ヒマワリの種をかじり、村や町のことや、数十年前の革命のことを話していると、突然十歳過ぎの少年が庭に飛び込んできて、王慶和の玄関の前で立ち止まった。彼が何か言うと、人びとはみな驚き、顔は梨のように蒼白になり、少年の後に続いて外へ飛び出していった。部屋の中の人も、みな少年の後について押し合いへし合いしながら外へと出ていった。三月の春の暖かさは少し暑いくらいで、元村長の客間から離れると、額に汗をかく者もいた。元村長と奥さんの顔の汗は、水を浴びせられたかのようだった。全員が門の前に、枯れた林の木のように立ち、道の中程まではみ出し、さっき飛び出した少年は、ちょうど村はずれからこっちへ駆けてくるところだった。彼は一台の車を連れて駆け戻ってきて、足取りは相変わらず飛ぶようだった。すぐに村長の家の門の前までやってきた。人の群れの前までやってきた。少年は人びとの中で立ち止まると、後ろの車を指さしながら元村長と村人たちを見た。車はすべての人びとの視線の中で停まった。緑と花の春が死んだように静かだった。季節が窒息させられたあとの強ばった時間が宙にあって、人びとの喉を塞いだ。あらゆる視線が冷たく強ばりまっすぐで、喉もひきつって動かすことができなかった。この冷たく強ばった空気の中、その車のドアが開き、その音は氷に閉じ込められた湖の表面が裂けるように重く沈んで響き、村と畑と村人たちの心を震わせた。そのドアを開く音と一緒に、一人の中年男性が降りてきた。町の人らしく、幹部でも局長か科長クラスらしく、胸に三十センチ四方の額縁に入った写真を持っていた。額縁は黒い紗《しゃ》と黒い紗で結んだ花だった。額縁の写真は元村長の一人息子が微笑んでいる写真のアップだった。彼は季節が移ろうようにゆっくり元村長に近寄っていった。元村長の前にいた村人たちは、季節の時間が無言でそこに置いてあるかのように黙って両側に退き、村人たちの群れの中から元村長が姿を現し、その顔は蠟《ろう》のように黄色く、汗が一粒一粒光っていた。その時、彼の後ろから天に向かって叫ぶ大きな妻の声が聞こえた。

「どうして⁉　なんでうちの子が⁉」

それから彼女は棒きれが宙から落ちるように門の前に崩れ落ちた。この時、王慶和は息子の遺灰と写真を受け取るべきなのか、先に地面に倒れた自分の連れ合いを起こしにいくべきなのかわからず、そこで、季節にどう対処していいかわからない太く枯れた丸太のようだった。

どうしていいのかわからないのも対応の一つだ。風が吹けば、風に吹かれればいいし、雨が降れば、雨に濡《ぬ》れればいい。子供はいなくなり、遺影と額縁の黒い紗の花は、客間の松の大きな絵の下に並べられた。隣人も村人も、次々と王慶和の家にやってきて、来たところで何を言っていいかわからず、テーブルの上の写真を見、王慶和の顔を見、黙ってしばらく座って、また黙って帰っていくのだった。

どんな話をすればいいかわからないので、訪れる人はだんだん少なくなっていった。夏が来て、秋が過ぎ、またみんなそれぞれ自分のことに忙しくなり、八おばさんがたびたび間を開けずに王慶和のところに煎餅を持っていく以外、ほかの隣人や村人たちは、彼の家に行って辛い時間を過ごしたいとは思わなかった。豊かで太った日々は瘦せていき、時間は生きている人の気配や動きがないかのようにひっそりとしていた。その日、一年でも特に雪の降る日、八おばさんはまた王慶和のところに煎餅を持っていった。彼らはやはり一方は外で、一方は中で、八おばさんが湯気を出している煎餅をドア越しに王慶和に手渡すと、彼は受け取って小さな声で言った。

「八おばさん、ききたいことが一つあるんだが」

彼はこの一年で十歳以上は老け込んでおり、髪は彼女の白髪と同じくらい白くなっていた。彼女はそっと辛そうに言った。

「なんじゃ？」

「十字架を作りたいんだ……」王慶和はしばらくためらってからきいた。「十字架の縦横の寸法に決まりはあるんですか？」

「ある」八おばさんは言った。「横は縦の三分の一の長さで、縦の四分の三の所に付けなければならん」

「そうなんですか」元村長はまたちょっと考えて言った。「もし良かったら二つ作ってもらえないだろうか。一つはあんたに、一つは私に。このことは決して誰にも言わないで下さい」

八おばさんには事情が変わったとわかった。季節と天地はもはや同じではなくなった。彼女は扉の枠を挟んで王慶和の顔を見て、部屋の正面の壁のテーブルの上の彼の息子の遺影と、その前に彼の妻がさっき火を付けたばかりの線香を見て、自分が死んだら、彼女の代わりに棺《ひつぎ》の中に十字架を入れてくれる人ができたと知り、顔を目には見えない赤色がさっとよぎった。元村長の家から自分の家に戻ると、八おばさんは一番長く一番新しく赤い箸を使って、心をこめ二本の十字架を作った。一本は王慶和に渡し、一本は自分の母屋のテーブルの上に置いた。

翌日、不思議なことに、八おばさんは願い通り部屋の中で眠るように死に、その表情には少しも苦しんだ跡はなく、熟睡して夢を見ているように穏やかだった。

八おばさんを埋葬するとき、王慶和は、棺の中に横たわっている八おばさんの胸の上に赤い十字架をきちんと置き、その十字架がずれてしまわないように、八おばさんの服の胸の前の部分に針と糸で縫い付けたのだった。

満足のいく作品を書くのは難しい

閻連科

私の作品はこれまで、長篇、中篇そして散文が日本で出版された。日本語版が出版されるたび、私は嬉しい反面、内心ビクビク不安な日々を送る。しかしそれはいつも杞憂《きゆう》に終わった。日本の読者のみなさんの包容力は、広く大きな海のようで、濁ったどぶ川のような私の作品を温かく受け入れて下さった。その陰には出版社の方々、翻訳者の方々の尽力がある。そしてまた今回、短篇小説集が出ることになった。短篇は短いがゆえに、森が腐った木を受け入れるように、山脈が無用の石を受け入れるようには、稚拙さを覆い隠すことはできない。

盆景には、枝は一本多くてもいけないし、適当に一本切ることも許されない。

腕時計は歯車がひとつ欠けてもいけないし、うっかり一粒の砂を紛れ込ませることも許されない。

余分な一字、余分な一句は、短篇にとって顔にできた出来物《できもの》のようなものだ。もし含蓄や趣《おもむき》がなければ、それは一体の蠟人形《ろうにんぎょう》だ。

芥川龍之介の短篇を読んだときは、精巧な硬い手榴弾が頭上で爆発した感じだった。夏目漱石の短篇では心が暗い深みに沈んでいくようだった。川端康成の短篇が私の心の中を通り過ぎたときには、桜の花びらが風の中、雨の中を舞い飛ぶのが見えた。三島由紀夫の短篇は凍りついた雪の日の梅の花のようだ。太宰治の短篇には深く大きな痛みがある。谷崎潤一郎は繊細精巧で絵画の傑作のようだ。

中国の文学雑誌『作家』が、二〇一〇年第八期と一八年第十二期で、日本の若手作家の短篇小説特集を組んだ。中村文則、青山七恵、山崎ナオコーラ、西加奈子、村田沙耶香《さやか》、羽田《はだ》圭介、柴崎友香《ともか》、中上紀《のり》、谷崎由依、阿部智里《ちさと》らの作品は、新鮮で驚きに満ちていて、まさにキラキラ光る日本の小型カメラのレンズで撮影した芸術作品のようで、読んで興奮、感激し、言葉もなかった。

そして今、自分の短篇がそのただ中に分け入ろうとしている。「藪《やぶ》の中」や「伊豆の踊子」のような作品を書けていないのがまったくもって恥ずかしい。一生書き続ければ私にもあのような作品を書くことができるのだろうか？

どうする？

これ以上どうすることができる？

いや、まだどうにかする可能性はある！

桜の花びらが天を一面に覆っている。その桜の無辺の美しさを思っても、道端の緑の雑草をあざ笑うことはないはずだ。雑草には雑草の緑があり、野菊の花びらには野菊の白があるのだから。

本当に、おまえには満足のいく作品が書けているのかといつも自分に問いかける。今回翻訳された自分の作品を改めて見てみると、出来物だらけか蠟人形のように思えてならない。桜の花の華やかな景色の下に並んだ、ガラクタのような草花に目をとめ、ちょっと立ち止まって眺めていただければ、私にとってこれほど嬉しいことはない。

二〇一九年五月六日　香港清水湾にて

訳者あとがき

閻連科の自選短篇小説集をお届けします。

今回収録した作品を、これまで出版された邦訳と一緒に、原作が発表された年代順に並べると以下のようになります。（＊が今回の収録作品）

『年月日』（原題／年月日）『収穫』一九九七年第一期

＊「いっぺん兵役に行ってみなよ」（去服一次兵役吧）『西南軍事文学』九九年第四期

『硬きこと水のごとし』（堅硬如水）『鐘山』二〇〇一年第一期

＊「きぬた三発」（三棒槌）『人民文学』〇二年第一期

＊「思想政治工作」（思想政治工作）『鐘山』〇二年第三期

＊「黒い豚の毛、白い豚の毛」（黒猪毛　白猪毛）『広州文芸』〇二年第九期
『愉楽』（受活）『収穫』〇三年第六期
＊「柳郷長」（柳郷長）『上海文学』〇四年第八期
＊「奴児《どじ》」（奴児）『通俗文学選刊』〇四年第八期
＊「革命浪漫主義」（革命浪漫主義）『上海文学』〇四年第八期
『人民に奉仕する』（為人民服務）『花城』〇五年第一期
『丁庄の夢』（丁庄夢）『十月』〇六年第一期
『父を想う』（我与父輩）〇九年単行本
『炸裂志』（炸裂志）『収穫』一三年夏増刊号
＊「道士」（道長）『作家』一八年第三期
＊「信徒」（信徒）『鯉』一八年第二二期

閻連科の作品が初めて発表されたのは、一九七九年の「天麻の物語」（原題「天麻的故事」）で、武漢軍区の新聞『戦闘報』に掲載されました。物語は共産党へ入党を希望している兵士が、こっそり指導員に賄賂《わいろ》として天麻（漢方薬の一種）を送るのですが、指導員はそれを彼に返し、無私を旨とする革命教育を彼に施すという内容です。自分の作品が初

めて掲載された新聞が届いたときには、自分の目が信じられず、まるでラブレターでも届いたかのように、その新聞を持ってトイレに駆け込んでしゃがみこみ、こっそり読んだということです。これよりも先に、部隊の創作班（軍隊の文学愛好者に創作方法を教える養成クラスで、期間は普通一か月程度）で書いた嫁姑《よめしゅうとめ》の確執を描いた「良心」という作品があったそうですが、この作品は未発表のままで、どんな作品だったかは、本人の記憶も曖昧《あいまい》になっているようです。

今回収録した作品は彼が国内の文学賞を受賞し始めて以降（一九九八年、二〇〇一年、〇五年に魯迅文学賞を受賞）のもので、まさに作家として勢いに乗ってからのものと言って良いかと思います。「革命浪漫主義」の〇四年から「道士」の一八年まで間が空いており、実際ほとんど短篇小説はありません。この時期、長篇小説では〇六年『丁庄の夢』、一一年『四書』（原題『四書』）、一三年『炸裂志』などが、中篇小説では〇五年『人民に奉仕する』などがありますが、そのほかに、〇九年の『父を想う』で散文作家として認められたり、一一年には文芸評論『小説発見』（原題『発現小説』）を執筆したり、大学の講義や海外での講演をまとめたりと、様々な面で忙しかったことが影響したのではないかと思います。

今回は農村もの、軍隊もの、宗教ものという題材に分けて掲載しました。

閻連科は一九五八年河南省の辺鄙《へんぴ》な農村の家に生まれ、貧しく厳しい農村の生活を身をもって体験しています。彼が農村を題材にして書くとき、その目は常に弱者に向けられています。温かく、しかし厳しく。

「黒い豚の毛、白い豚の毛」の主人公は、運転中に死亡事故を起こしてしまった鎮長の代わりに牢屋に入ることで、なんとか自分の現状から抜け出そうとします。「きぬた三発」では、妻を寝取られた気が弱くうだつのあがらない男が、自分の命と引き替えに自分が男であることを証明します。弱い男が農村で生きることの難しさ、辛さ、苦しさが迫ってくる作品です。

「奴児」は『年月日』につながる作品です。書評家の豊﨑由美さん式に言えば「ケモノバカ」にはたまらない内容です。『年月日』ではおじいさんと犬でしたが、この作品は女の子と牛のお話です。ラストシーンは何度読んでも心にじんと響いてきます。また主人公の奴児が菊の匂いを嗅《か》ぐシーンでは閻連科の共感覚モードが全開です。降り続く雪の白と、その中を流れる菊の赤い匂いが見事なコントラストになっています。どうやら私は閻連科の作品に抒情を感じすぎる傾向があるようです。翻訳し始めたときには、冒頭の雪がひらひら舞うところからもう感情が高ぶってしまってたいへんでした。

拙訳『愉楽』を読んで下さった方にはもうおなじみなのが「柳郷長」です。柳郷長はほかでもなく、『愉楽』の個性的悪役主人公の柳県長その人です。また都会に出て成功する娯楽城の女性社長の名前も槐花で、『愉楽』の中にも登場する四つ子の長女と人物のイメージも重なります。『愉楽』のお試し版的な作品です。

閻連科は一九七八年に人民解放軍に入隊してから、二〇〇四年に『愉楽』が原因で軍隊を追い出されるまで、二十六年間軍隊生活を送りました。実際に戦場に行ったことはありませんが、部隊では戦士・班長・指導員など様々な仕事を歴任しました。その時の経験が創作の元になっています。閻連科は農村の貧しさから抜け出すために軍隊に入りました。軍隊には彼と同じように貧しさから抜け出し、なんとかよりよい暮らしができるようになりたいと、たくさんの若者たちが集まっていました。閻連科は彼らの実像を題材にして作品を書きました。ここでも彼が描くのは勇猛果敢な英雄戦士ではありません。しかしそれが新しい軍人の姿を描いたとして注目されました。

「いっぺん兵役に行ってみなよ」は、農村から来た兵士と都会から来た兵士をうまく対比させながら、三年に及ぶ新兵の生活について、ところどころユーモアも交えながら、軽快なタッチで描いています。軍隊の様子がよくわかっていただけるのではないかと思います。この作品を読むと、陳凱歌《ちんがいか》が監督した映画『大閲兵』（一九八六）を思い出します。この映画の中にも、様々な境遇の、様々な目的で集まってきた若者たちの、夢や希望、苦悩が描かれていました。

人民解放軍には指導員・教導員という役職があります。その役職の彼らが軍隊の中でどのような役割を果たしているのかを描いたのが「思想政治工作」です。百戦錬磨の指導員がどのように新兵を指導・教育しているのかを知ることができます。数頁にわたって段落変えなしで続く、切々と諭す場面はまさに圧巻です。閻連科自身、指導員の経験がありますから、おそらく実体験が元になっているのではないかと思います。もし閻連科が指導員で、あの優しい口調と時折見せる厳しい表情で諭されれば、誰であろうと何でも言うことをきいてしまうに違いありません。

これら二篇を読んでいただいてから「革命浪漫主義」を読んでいただくと、違和感なくこの作品世界に入っていただけるのではないかと思います。この作品は私が以前個人で出していた雑誌に翻訳して掲載したことがあります。私にとっては初めて翻訳した閻連科作品でした。今回それに大幅に手を入れて再度掲載していただきました。まるで芝居でも観ているか、劇画でも読んでいるような派手な演出の描写が私は大好きで、本当に楽しんで翻訳の作業をさせてもらいました。内容は女性にとってはとんでもないひどい話ではありますが……。

農村の人びとの生活には、仏教や道教、そのほか様々な民間信仰が深く根付いています。中でも死は信仰とは切っても切り離すことができません。閻連科の作品の特徴のひとつに死者が物語を語るというのがあります。それらの物語には農民たちの死生観、宗教観が色濃く反映されています。閻連科はこれまでも作品を書くときに宗教的なモチーフを多用しています。『丁庄の夢』はそもそも毒殺された孫が語り手ですし、作品の最初に『聖書』の一節が出てきて、最後は中国の神話の話で終わります。『年月日』のラストにも同じような聖書のモチーフが出てきます。『四書』はそもそも『聖書』の体裁を意識して書かれています。閻連科は最近どうも宗教に関心を持っているようです。私は二〇一八年一二月に蘇州大学で開催された閻連科に関する討論会に参加しましたが、その時、私家版『心経』をいただきました。様々な神様や哲学者・思想家が現代の中国の宗教学校に現れ、騒動を巻き起こします。この作品は二〇一九年五月現在でも中国国内では出版できない状況が続いています。

現在中国では信仰に注目が集まっていると聞きます。改革開放で経済的に豊かになり、物質的には満たされましたが、精神的に満たされず心の中の空洞を埋めるために信仰にすがる人が増えてきているようです。イデオロギーではだめなのです。

「道士」は、神に近づこうと山の上にある道観に住む道士と、麓《ふもと》の町に住んでいるお金にうるさい奥さんとの、お金を巡る騒動をユーモラスに描いています。

「信徒」には、晩年になってからキリスト教を信じるようになったおばあさんが登場します。彼女の隣に住んでいる元村長は彼女に十字架を拝むのをやめさせるため、脳味噌を絞ってあれこれ策を講じます。元村長が偉人の肖像画をおばあさんの部屋に貼るところは、『愉楽』の柳県長の敬仰堂を彷彿とさせますし、またおばあさんが、その元村長が持っていった偉人の肖像画をいろいろな野菜や果物の形に切り抜いて、壁の穴を塞ぐところは、『人民に奉仕する』で呉大旺と劉蓮が革命の神聖事物を片っ端から壊して性的快感を得るシーンを思い出させます。閻連科はこの作品で、信仰とは何か、ユーモアとペーソスを効かせて描き出しています。

　この「信徒」にはひとつ面白いエピソードがあります。二〇一八年、八〇年代生まれの作家として若い頃から注目され、現在も活躍している女性作家、張悦然《ちょうえつぜん》が編集長を務める文学雑誌『鯉』が中心となり、インターネット言論サイト「大家」、出版文化事業集団「理想国」が共同で、「匿名作家計画」というイベントを行いました。これは作家に匿名で作品を応募してもらい、実名は伏せたまま作家の名前ではなくその作品の持つ文学性で優秀な作品を選ぼうという、ほかではちょっと聞いたことのない暫新な試みです。最終選考は張悦然と、中国同時代文学を代表する作家、蘇童《そどう》、畢飛宇《ひつひう》、格非《かくひ》が審査員となり、ネットで生中継という公開形式で行われました。作家にとってはその本当の実力が、選考委員にとっては作品の価値を判断する眼力が試されます。十一篇のエントリー作品から六篇の優秀作品が選ばれ、「信徒」はその中に入りました。この時の最優秀作はまだあまり名前の知られていない作家の作品でした。しかしこのイベントで優秀作に選ばれたことで、この作品が一定のレベルにあることが証明されたと言えるのではないかと思います。

今回収録した作品には、これまで日本で出版された作品のような極端に大げさで突飛な、読者を驚かすようなものはありません。しかしこれまで閻連科を読んで下さった方には、閻連科の創作についてより深く理解していただけると思いますし、また発禁作家というレッテルのせいで読むのをためらっておられた方や、初めて閻連科を読まれる方には絶好の入門書になっていると思います。

今回も同僚の李彩華先生には言葉の問題だけでなく、農村のことや軍隊のことについていろいろとご教示いただきました。この場をお借りして厚く御礼申し上げます。
また河出書房新社の島田和俊さんをはじめとする編集部の方々、校正係の方々には、どれだけ感謝してもし足りません。本当にありがとうございました。

名古屋経済大学教授　谷川毅

著者略歴

閻連科（えん・れんか）

1958年中国河南省の貧しい農村に生まれる。高校中退で就労後、20歳のときに人民解放軍に入隊し、創作学習班に参加する。80年代から小説を発表。兵営で自殺してしまう気弱な新兵と上官たちの赤裸々な欲望を描いた中篇『夏日落』（92）は発禁処分となる。その後も中篇『年月日』（97）など精力的に作品を執筆し、中国で「狂想現実主義」と称される長篇『愉楽』（2003）は、05年に老舎文学賞を受賞した。一方、長篇『人民に奉仕する』（05）は二度目の発禁処分となる。さらに「エイズ村」を扱った長篇『丁庄の夢』（06）は再版禁止処分。大飢饉の内幕を暴露した長篇『四書』は大陸で出版できず、11年に台湾で出版された。09年にはエッセイ『父を想う』がベストセラーとなる。ほかに、長篇『硬きこと水のごとし』（01）、『炸裂志』（13）など。また『小説発見』など文芸評論の著作もある。13年・16年国際ブッカー賞最終候補、14年にはフランツ・カフカ賞受賞。近年はノーベル文学賞の候補としても名前が挙がっている。

訳者略歴

谷川毅（たにかわ・つよし）

1959年広島県大竹市生まれ。名古屋経済大学教授。訳書に、閻連科『人民に奉仕する』（文藝春秋）、『丁庄の夢』『愉楽』『硬きこと水のごとし』（ともに河出書房新社）、『年月日』（白水社）、労馬『海のむこうの狂想曲』（城西国際大学出版会）など。

黒い豚の毛、白い豚の毛——自選短篇集

2019年７月20日　初版印刷
2019年７月30日　初版発行

著　者　閻連科
訳　者　谷川毅
装　丁　川名潤
装　画　平井利和
発行者　小野寺優
発行所　株式会社河出書房新社
〒151-0051　東京都渋谷区千駄ヶ谷2-32-2
電話　(03) 3404-8611〔編集〕(03) 3404-1201〔営業〕
http://www.kawade.co.jp/
組版　株式会社創都
印刷　株式会社亨有堂印刷所
製本　大口製本印刷株式会社

Printed in Japan
ISBN978-4-309-20773-5